온전히 나답게 살기 위한

자존감 연습

자신감이
자존감인줄
알았다

자신감이 자존감인줄 알았다

초판인쇄	2018년 06월 05일
초판발행	2018년 06월 11일
지은이	정승민
발행인	조현수
펴낸곳	도서출판 프로방스
마케팅	최관호 최문섭
IT 마케팅	신성웅
편집교열	맹인남
디자인 디렉터	오종국 Design CREO
ADD	경기도 고양시 일산동구 백석2동 1301-2 넥스빌오피스텔 704호
전화	031-925-5366~7
팩스	031-925-5368
이메일	provence70@naver.com
등록번호	제2016-000126호
등록	2016년 06월 23일
ISBN	979-11-88204-52-6-03810

정가 15,000원

온전히 나답게 살기 위한
자존감 연습

자신감이
자존감인줄
알았다

정승민 지음

 프로방스

"나를 알고 나아가는 길엔 자존감이 있었다"

지금도 나는 자존감을 향상시키기 위한 노력을
게을리 하지 않는다. 나를 알고 나아가는 길 그곳엔 항상 자존감이 함께 함을 믿는다.
행복한 일들이 계속 이어진다는 것을 확신한다.

　삶은 쉬운 거라고 생각했다. 단 한 번도 힘들지 않다고 생각하진 않았다. 견딜만했기에 쉬운 거라고 생각했다. 큰 목소리를 무기로 자신감을 불어넣으면 모든 것이 일사천리로 이루어진다고 생각한 젊은 청춘이었다. 아직 성숙되지 않은 성인이었다. 자라지 못한 생각과 늘 하던 대로의 습성은 나를 한쪽 구석으로 이끌게 했다. 실패라는 커다란 경험 속에서 매일 슬픔에 젖어 나에게 주어진 24시간을 흘러 보내고 있었다.

　결혼을 하고 사랑하는 아들을 가진 가정의 엄마였지만 나에겐 그리 중요하지 않았다. 나로 인해 모든 것들이 발생해 가정을 힘들게 한다는 죄책감으로 지내야 했기 때문이다. 나 자신은 항상 그 자리에 있었지만 제대로 바라볼 용기가 얼마나 필요한지 몰랐다. 거울조차 볼 수 없는 나였다.

생각의 동전 던지기처럼 갑자기 다가온 나에 대한 삶의 소망은 모든 것을 변화시켰다. 청소년 학생들과 함께 하는 수업에서 열정을 태우기 시작했고 생각이 조금씩 변하기 시작했다. 그런 과정에서 나는 나 자신을 제대로 바라볼 수 있었다. 상처 주는 말 한마디에 출렁이는 뱃속을 계속 다니는 것처럼 질기게 아파했고 앞으로 나아가다 장애가 보이면 몸을 숙이기부터 했었다. 그런 내가 바뀌기 시작한 것이다. '자존감'은 그때부터 나를 일으켜 세웠다. 이전과는 달리 나에게 배움을 위한 생각을 하게 했고, 지금 나의 모습이 어떠한가를 직시하게 만들었다.

살 맛 나는 인생을 조금씩 맛보기 시작했다. 조금씩 앞으로 나아가면서 내 안에 자리 잡고 있는 마음을 느끼며 '자존감'을 향상시켜 나갔다. 청소년 학생들의 여린 마음에 근육을 키워줄 수 있었고, 작가로서의 한 발을 내딛게 하는 발판이 되었다.

행복해서 행복한 것이 아니라 내가 진심으로 느껴서 아주 행복한 삶을 살고 있다. 책을 펴냄으로써 내가 겪은 일들을 알려주고 누군가 일어설 수 있는 희망을 줄 수 있다는 사실이 감사하고 행복함을 준다. 글을 쓸 수 있을까 고민만 하지 않고 작가로서의 삶을 당당히 걸어 나갈 수 있는 자존감을 발견하고 발전시킬 수 있어서 행복하다. 한걸음씩 내딛는 발걸음엔 나에 대한 믿음과 무엇이든지 배울 수 있고 어떠한 환경에서도 배움을 연결할 수 있는 긍정의 사고습관을 가질 수 있었기 때문에 지금도 나는 자존감을 향상시키기 위한 노력을 게을리하지 않는다. 나를 알고 나아가는 길 그곳엔 항상 자존감이 함께 함을 믿는다. 행복한 일들이 계속 이어진다는 것을 확신한다.

이 책을 펴기까지 나와 함께 삶의 무게를 지니고 있는 사랑하는 남편 김용섭과 사춘기에 접어들기 시작하면서 토닥토닥 실랑이도 벌이는 나의 아들 재훈이에게 고마움과 사랑을 전한다. 무엇보다 이 책을 내기까지 나를 이끌어준 〈한국 책쓰기 성공학 코칭협회〉의 김태광 대표 코치님께 무한한 감사의 마음을 전한다. 마지막으로 나를 늘 지켜봐주고 묵묵히 응원하는 사랑하는 친정 부모님과 동생 내외, 이 자리

에 오기 까지 삶을 지켜내고 이길 수 있게 해준 모든 이들에게 고마움
을 전하고 싶다.

2018년 4월 봄날에... 저자 정승민

Contents | 차례

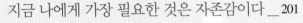

CHAPTER

01
. . . .

가만히 있어도
우울하고 눈물이나

내 인생은 도대체 왜 이럴까?

벌써 40대도 중반이 되어 간다. 딱 인생의 반 자락을 넘어섰다.
무엇을 가지고 있고, 무엇을 하고 있는지 생각해보니 참 어수선한 삶
을 살고 있는 것 같다. 결혼한 해부터 6년 동안 아이가 없어 고생을
했고, 인생의 바닥을 기어 본 경험은 이젠 머쓱한 웃음으로 대할 수
있다. 인생은 지나온 시간만큼 품을 수 있는 일들과 대처 방식도 넓어
지는 건지도 모르겠다.

2002년 월드컵이 한창 일 즈음 붉은 악마의 숨결은 온 나라를 집어
삼켰다. 내 마음에도 나만의 월드컵이 생겼다. '꿈을 향한 한걸음',
나의 7년간의 직장 능력을 바탕으로 하여 핸드폰 대리점 직영점을 오
픈하게 되는 것이다. 나의 노하우는 실전 경험에서 얻은 것이므로 자

자신감이 자존감인줄 알았다

신이 있었다. 집에 있는 돈 없는 돈을 모아서 시작하는 사업이라 내 마음은 붉은 악마의 응원보다 더 강렬했다. '소장'이라는 직함으로 큰 평수의 매장을 나랑 동생이 사장과 직원이 되어 '돈'을 정복하게 된다. 2002년의 붉은 기운은 나를 절대적인 경지에 올려줄 것임을 예감할 수 있었다. 더군다나 매장 뒷방을 개조해서 엄마 아빠도 상주하며 도와준다고 하니, 나의 일취월장은 백지수표였다.

핑똥하는 문자소리는 'VIP 고객 카드론 대출', 경제학도로서 절대 생각할 수 없는 카드 론을 실행했다는 소리다. 핑똥하는 소리는 밀린 카드 값과 생활비의 부족을 알려주는 해결사의 소리다. 잔고가 제로가 되는 순간은 눈 깜짝할 사이였다. 아침저녁으로 출퇴근하며 오늘은 결과가 미흡하나 내일은 나아질 것이라는 희망을 품었지만, 내 마음속은 돈의 심술궂은 장난에 악마의 유혹을 뿌리칠 수 없게 되었다. 내가 약올라하고, 힘들어할수록 더욱더 깊이 숨어버리는 돈의 장난에 친정과 내 가정은 주체할 수 없는 마이너스 인생을 살고 있었다. 인생이 놀부 심술보에 걸렸는지 돈은 저 멀리 사라지고 있었다.

"유방암 3기입니다. 빠른 시일 내에 수술을 하셔야 합니다."

파란 하늘이 안 보인다는 것을 실감했다. 갑작스런 엄마의 재검사 결과는 내 인생을 더욱 서늘하고 참담하게 만들었다. 딸의 화려한 한

걸음을 조용히 지켜보면서 얼마나 가슴을 조였을까? 말 못할 그 마음이 가슴에 쌓여서 일어난 일인 것 같아 인생에다 욕을 해댔다. 지지리도 못난 인생을. 수술 전날 두 분의 조용한 시간이 필요할 것이라고 생각한 나는 동생과 함께 일찍 매장 문을 닫고 집으로 향했다. 그 날 저녁 부모님은 막내 이모 집에 갔다고 한다. 국수를 먹으면서 딸들 다 필요 없다며 묵묵한 우리 아버지가 한 말을 엄마는 선명하게 기억했다. 훗날 알게 된 말이지만 딸들의 일방적인 배려라고 생각한 결과가 부모님께는 속상함과 서운함이었다고 생각하니 송구스러웠다. 그날 엄마 아빠는 얼마나 불안하고 두려웠을까? 지금 생각해보니 엄마의 수술이 잘 된 것도 감사하고, 그날 함께하면서 같이 격려하고 즐거운 하루를 보냈어야 했다는 것을 상처를 내면서 알게 되었다.

엄마의 수술이후 매장은 문을 닫았고, 카드 론과 카드의 돌려막기로 비극은 가속화 되었다. 그 해결책을 찾기 위해 뛰어 든 곳은 주식 시장이었다. 주식은 살아있는 영물이라는 얘기를 하던 성재성 전문가의 지식과 철학은 백치였던 나를 주식에 눈뜨게 하는 계기가 되었다. 많은 부분을 배우며 집중적으로 공부를 하니 정말 신나고 재미있었다. 6년 만에 얻은 아들은 2년 정도 키우고 친정 부모님께 일임하고 전적으로 매달렸다. 공부하는 재미는 솔솔 했지만, 늘어나는 빚들을 빨리 갚아야 한다는 생각에 수익은 줄어들고, 더 이상 빌릴 곳도 없게 되었다. 사태를 파악하고 나니, 친정, 시댁 그리고 한결같은 신랑에게 지울 수 없는 상처와 짐들을 지게하고 있었다. 인생에 인생을 더하면 더블 인생인데, 나의 인생에 다른 이들의 인생을 더하니 무한절벽인생이 되었다. 마음의 빚은 내 자신을 갉아 먹었고, 삶은 더 이상 내 것이 아니었다. 몸만이 익숙한 일들을 하고 있을 뿐이었다. 더운 여름 베란다에 빨래를 널다가 바라본 저 바닥은 너무나 강렬하게 내려오라고 손짓을 하고 있었다.

'왜 인생이 이렇게 된 걸까? 살려고 허우적거렸을 뿐인데 이렇게까지 바닥을 치고서도 더 떨어질 수 있을까? 살면 무엇을 하며 살고, 죽으면 얼마나 편할까?'

한참을 9층 베란다에 서 있었던 기억이 난다. 화분 가득 반사되는 햇빛이 내 몸을 감싸고, 손에는 널다만 빨래가 쥐어져 가벼운 삶을 동경했다. 날고 싶다는 생각이 가장 강렬했던 순간이었다.

드라마 〈인순이는 예쁘다〉중에서 이런 대사가 있었다.

"살면서 중요한 순간들은 대부분 느닷없이 찾아온다. 내가 감옥에 가게 된 것도 엄마를 찾게 된 것도 어느 날 느닷없이 벌어진 일이다. 하지만, 정말 그랬을까. 정말로 느닷없이 찾아왔을까. 어쩌면 우리 인생의 모든 일이 꼭 필요할 때 완벽하게 적절한 시점에 우리를 찾아오는 게 아닐까?"

지금 여기에서 나는 생각을 하고 있다. 너무 건방진 마음에서 숙성이라는 시간을 들이지 않은 초짜였다. 직장인으로서의 나는 노하우가 있었지만, 책임자로서의 필요지식과 경험은 부족했다. 직장인으로서의 노하우는 나에게 자존감이 아닌 자존심이었다. 상처받은 자존심을 회복하기 위해 성찰이 필요했지만 빠른 선택을 했다. 스스로도 위험하다는 것을 알았지만, 자존심을 앞세워 돌진을 했을 뿐이다. 자존심 회복이라는 선택은 가지고 있던 자존감마저도 위태롭게 해 삶의 끝자락을 생각하는 어리석음을 보였다.

　시련의 연속들이 크게 다가왔을 때 눈물을 흘리고 나 자신에 대한 연민으로 나를 더 슬프게 바라보는 생활들로 하루하루를 채워갔다. 생각의 시간이 많아질수록 그 늪은 크게 다가왔다. 세 살배기 아들이 뭔가를 열중하며 하염없는 웃음을 지었다. 순간

　"한 번 더 제대로 살아 봐야지. 행복한 삶은 나한테도 있을 거야."

　머리를 스치며 가슴에 새겨졌다. 세상의 기운이 다르게 느껴지기 시작했고 어수선한 집을 청소하기 시작했다. 아파트 게시판의 전단지들을 살피며 뭔가를 그려봤다. 대학시절 수많은 권유에도 100%하지 않는다며 거절했던 초중고 과외를 시작하게 되었다. 삶은 마음대로 되지 않는 다는 것을 느꼈지만, 이미 예전의 내가 아님을 알고 있었다. 아이들과 수업하는 모습에서 수업을 준비하는 모습에서 '한 번 더 제대로'를 실행하고 있는 나를 느끼기 때문이다. 삶에 대한 진지한 성

찰의 시간을 가지게 되면서 내 삶에 대한 부정적인 부분만을 쳐다봤다. 자세를 바꾸고, 빛을 받아들이기 시작하면서 삶은 한 걸음 더 나아갔고 나를 실천력 있는 사람이 되게 했다. 나는 나와 같은 시각에 있는 당신에게 얘기하고 싶다.

어설픈 '희망'을 가지기 보다는 지나온 삶에 대한 생각할 시간을 철저히 가지길 바란다. 그 지나온 삶에 대한 되새김에서 오는 번쩍이는 기회는 삶을 대하는 자신의 변화를 느끼게 해 줄 것이며 삶도 한 단계 높여줄 것이라는 것을 믿는다. 내 마음이 이끄는 삶을 '한 번 더 제대로' 살아볼 수 있는 나는 행복한 삶이 있는 곳들을 열심히 찾고 있다. 내 눈과 마음이 향하는 행복은 '제대로' 삶을 살고 있다는 것을 확인시켜주고 있다. 삶의 강한 자신감을 가지며 작가로서의 삶을 살고 있다. 하루하루를 제대로 살아 일 년을, 십 년을, 인생을 행복으로 가득한 삶으로 만들 수 있다는 것을 믿으며.

가만히 있어도 우울하고 눈물이 나

●

조용한 거실. 손에 쥔 빨래를 툭툭 털면서 밖을 내다봤다. 뒷베란다에서 보이는 공원의 나무는 바람이 살짝 건드렸는지 나뭇잎 한두 개가 몸을 베베 꼬면서 내려오고 있었다. 색이 바랐는지 누르스름한 잎은 최대한 천천히 내려오고 싶어 하는 것 같았다.

'가을이 벌써 가는구나. 언제 가을이 왔었지?'

이리저리 왔다 갔다 하는 나뭇잎을 보고 있으니 촉촉해졌다. 빨래를 손에 쥐고 있는 내 손에 따뜻한 눈물이 흘렀다. 마음이 뭔가에 홀린 듯 눈물이 줄줄 흘러 내렸다. 마음이 북받쳐 올랐다. 손에 쥐었던 빨래를 던져버렸다. 한동안 그러고 있었다. 큰 숨을 내쉬면서 던져 버렸던 빨래를 다시 가져와 정리하기 시작했다.

'나에게 무슨 일이 일어나고 있는 걸까?'

질문을 해 보지만 알 수 없었다. 마음 한 구석이 답답하고 뭉친 것만 같았다. 주책없이 흘렸던 눈물이 아까워 다시 생각해보려고 집중을 했다. 역시 뜻대로 되지 않았다. 불현 듯 치매가 온 건 아닐까 하는 생각에 나이를 떠올리니 생각이 나지 않았다. 나이도 잊어버리고 살 만큼 무엇에 집중을 하며 살았는지 궁금했다. 밖으로 나가고 싶었다. 나가려고 하니 씻어야 하고, 꾸며야 하는 게 부담이 되었다. 가족을 위해 장보고, 조리하고 치우고 청소하고 빨래하고 주어진 일만 습관적으로 하고 있는 내가 누구인가 싶었다. 우연히 40대 주부들의 카페에 들러서 본 글이 생각이 났다.

'나 자신은 없고 노동력 제공기계만 있어요.'

'자다가 그대로 계속 잠들고 싶을 때가 한 두 번이 아니네요.'

'자식한테 줄 수 있는 최고의 행복이 안 태어나게 해 주는 것인데 애들한테 미안해요.'

마지막 글은 읽는 순간 가슴에 뻥하고 구멍이 뚫리는 듯 했다. 안 태어나게 해 주는 것이 최고의 행복이라니. 아렸다. 가슴 밑바닥에서 전해지는 슬픈 노래가 온 집안을 감싸 안은 듯 내 마음과 눈은 촉촉이 젖고 또 젖었다. 해야만 하는 일, 반복적인 일을 하면서 '최소한의 기쁨'을 느끼지 못하고 있다. 주어진 일을 하면서 사람이 아닌 '기계'로 느끼게 되는 이유는 무엇인가? 반복되는 과정에서 '최소한의 기쁨'도 닳아 버린 걸까? 처음부터 주어진 일들이 귀찮은 건 아니었다. 맛있

는 조리를 위해 요리책을 뒤져 보고 블로그를 검색하며 요리를 연구
하던 시간도 있었다. 그 때의 마음은 어디로 증발해 버린 걸까?

'일의 중심에서 나의 존재가 사라지고 있다.'

엄마로서의 삶, 아내로서의 삶을 우선시 하며 가족이 항상 먼저라
고 생각하는 삶이 습관이 되어버린 것이다. '나'를 찾는 것이 중요하
다고 생각을 하니 내 이름을 조용히 불러보게 된다. 낯선 듯 그리운
단어였다. '나'는 여전히 있었는데 내가 잊어버린 것이다. 다시 조용
히 불러 세웠다. 이젠 함께 하자고 다시는 잊어버리지 않겠다고 약속
을 했다. '나'가 중심이 된 생활이 습관이 될 날을 기대하면서.

주말은 수업이 계속적으로 있어 바쁘다. 오전 근무를 하고 온 남편
은 침대에 누워 핸드폰 오락을 하고 있다. 요즘은 동영상도 시청을 할
수 있는 걸 보면 폰을 잘 이용하는 것 같다. 11시부터 시작된 수업은
쉬는 시간 없이 연결되었고, 배는 밥 달라는 소리조차 하지 못하고
있었다. 5~6시 사이 남편은 반찬도 없고 밥도 안 차려 준다고 투덜대
는 소리를 한다. 작은 소리로 들리는 목소리가 천둥같이 들려온다. 마
음은 지글지글 끓기 시작한다. 이 뜨거운 열을 발산하고 싶지만 수업
에 열중을 하고 마치길 기대하며 집중하고자 노력했다.

"옷이 이게 뭐야, 아들!!!"

수업이 끝남과 동시에 방문을 나서는 나는 폭격기가 되었다. 아들

은 아무 말 없이 옷을 주섬주섬 집어 세탁기에 넣었다. 침대에 있던 남편은 방문을 닫아버린다. 일을 하고 나온 공부방 바깥은 나의 집이지만 나의 손길을 기다리는 많은 것들에 질식할 것만 같았다. 공부방을 나왔을 뿐인데 웃고 지식을 나누는 선생님에서 한 남자의 아내, 한 아이의 엄마로서의 일들이 너부러져 있었다. 청소를 하는 행동은 더디게 이뤄졌다. 마음은 이리 활활 저리 활활 종잡을 수 없을 만큼 폭발을 하고 있었다. 치우는 소리가 집안을 흔들었고 아들과 남편은 각자의 공간에서 조용히 숨죽일 뿐이다. 일을 하다가 그냥 내버려 두었다. 눈물이 핑 돌아 일을 하는 것이 힘들었다. '나'가 중심이 된 생활로 가는 길은 이러한 상황을 거부하고 있었다. 조용히 거실에 앉았다.

'나는 행복 하고 싶다. 행복은 나의 선택에 달려 있다.'

하루를 살면서 이렇게 힘이 드는 건 나의 생활 선택의 문제였다. 생활에서 버려야 할 것과 꼭 해야 할 것을 나누어야겠다고 생각했다. 노트를 꺼내어 나의 역할을 적었다. 수업하는 선생님으로서의 책임, 한 집안의 아내, 엄마로서의 책임을 나열했다. 적어 내려 가다보니 지금 해야 할 것과 나중에 해도 되는 일이 구분이 되었다. '지금' 해야 하는 것들만 추려서 처리했다. 그리고 '나'를 위한 시간을 가졌다. 마음에 행복을 주입하고 싶다고 생각이 들 때면 비타민을 먹으며 책을 읽었다. 신맛을 싫어하는 나는 이때만큼은 이 맛을 즐긴다. 신맛의 표정을 짓다보면 그냥 행복해지는 표정 만들기가 가능한 순간이기 때문이다.

'나는 행복하다. 나를 위한 선택을 하자.'

마음은 어느덧 진정이 되고 정말 행복한 기분이 든다. 나의 행복이 다른 이들의 행복의 출발점이 된다고 생각하면 더욱 행복의 효과는 커진다. 각자의 피신처로 들어간 아들과 남편에게 살짝 미안한 마음도 들지만 듣기 싫은 소리들이 집 안에 퍼진다면 그 또한 집에 대한 예의가 아니라는 생각이 들기 때문에 나는 나를 위한 선택을 할 것이다.

감정과 생각은 선택할 수 있다. 생각 없는 감정에 따라 눈물을 흘리고 우울한 나는 '나'를 잊어버린 걸 깨닫자 감정의 원인을 알 수 있었다. 아들이 태권도장에서 시범을 보이는 모습을 보면서 울컥 눈물을 쏟은 건 아들의 성장을 함께 지켜 볼 수 있는 순간이 행복하기 때문이다. 드라마를 보며 억울한 사건을 당하면서도 말 못하는 주인공, 억울했다는 것을 모든 이들이 알게 되는 순간 북받쳐 우는 나의 모습은 '나'를 잊고 사는 것에 대한 후회의 증거였다.

가만히 있어도 우울하고 눈물이 났던 나는 감정을 알려고도 하지 않고 흘려보냈다. 감정에 매여서 '나'를 안다는 착각은 하루를 사는 나에게 버거운 일이었다. '나'를 진정으로 알고자 하는 마음이 생기면서 감정은 선택이 되었다. 좋은 방향의 감정을 의도적으로 선택을

자신감이 자존감인줄 알았다

하고 선택의 결과가 '나'를 위한 것이 되도록 노력했다. '행복한 선택을 위해서는 내가 행복해지는 결과를 가져오도록 하자'는 기준을 세워 행동하니 삶은 이전보다 즐겁고 풍부해지기 시작했다. 조금은 이기적일지 모르지만 이런 이기적인 사치는 '나'를 삶의 중심으로 끌어당기는 아주 좋은 방법임을 알게 되었다. 삶의 정중앙에서 '나'를 만나는 순간을 늘 고대하며 오늘도 '나'를 위하는 결정을 자신 있게 하고 있다.

나를 더 힘들게 하는 생각들

살아오는 동안 생각한대로 일들이 일어난 적이 있는가? 의도치 않게 일어난 일들이 더 많은가? 나 같은 경우는 후자가 우세하다. 다른 이들도 후자 쪽이 많지 않을까 싶다. 일어나는 일들에 대한 반응이나 대처 하는 모습은 어떨까?

"오늘 통장을 찍어보니 돈이 몇 달 안 들어왔네! 둘째는 한 달에 두 번씩 오기라도 하는 데 넌 오지도 않고 전화도 없네."

서운한 목소리인 것 같으면서 날카로움을 품은 목소리이다. 한 달 보름 더 넘은 시어머니의 전화에 마음은 쥐구멍에 들어가 버리고 싶었다. 용돈을 급여일에 잘 입금하다가 올 하반기부터는 징검다리 식으로 입금을 했기 때문이다. 중고등 영어 수학을 과외하고 있는 나의 경제 흐름이 나빠지고 있었기 때문이다. 경기를 타듯 졸업하기 전까지 수업한다고 생각했던 친구들이 가정 형편상, 혼자서 할 수 있을 것 같다며 도전해보고 싶다는 이유로, 자신의 꿈을 위해 나아가는 과정에 더 이상 수학이 필요하지 않다는 등의 이유로 내 품을 떠났다. 성장을 위해 나가는 친구들에게는 너무 잘 커줘서 고마움을 실어 보냈고, 다른 이유 때문에 나가는 친구들에겐 잘 볼 수 없음에 서운한 마음과 그리움을 실어 보냈다. 이런 마음은 기하급수적으로 커져 삶을 흔들어 버렸다. 당연히 수익도 보란 듯이 줄어들 수밖에 없었다.

책상에 앉아 책을 보면서도 학생이 줄어든 이유는 나의 실력부족에서 나온 것이라고 확언을 한다. 실력을 높이기 위해 공부를 하지만 마음은 벌써 나 자신을 향한 질책으로 질퍽거리고 있었다.

'실력이 없어서 학생들이 그런 선택을 한 거야.'

'그 친구들이 나가서 좋았던 것보다는 아쉬운 점이나 나에 대한 뒷담 화를 하는 건 아닐까? 돈이 줄었으니 삶이 쪼들리겠구나!'

줄줄이 엮어지는 나에 대한 비판과 책상 앞에서의 사투는 시간이 지남에 따라 자기 무능과 삶의 부정으로 강화되었다. 이런 과정에서 누군가를 만난다는 건 나의 치부를 드러내는 것 같아 대단한 용기가 필요했다. 이 마음으로 시댁을 간다면 나는 나 자신에 대한 어색함과 밝은 막내의 이미지를 위한 연극의 시간을 보내야 한다. 전화 또한 시어머니와 마음적인 얘기를 잘 하는 편이라 혹여나 아쉬운 소리로 걱정을 끼치고 싶지 않았다. 이런 나의 선택이 시어머니의 전화 한통화로 무너지고 있었다.

"학생이 줄어서 용돈을 입금 못했어요."

이 말을 하면서 목이 떨렸다. 능력이 부족하다는 것을 얘기하는 것 같았다. 나쁜 점들로 가득 찬 사람이 무엇을 할 수 있을까요? 라는 말을 덧붙이고 싶었지만 마음속으로 중얼거리고 있었다. 돈을 안 번 것도 못 번 것도 아니고 헤프게 사용한 것도 아닌데 늘 돈이란 녀석은 나의 손가락 사이사이를 잘도 도망 다녔다. 수입의 일부는 생활비로 나머지 돈은 빚 갚는데 들어가고 있었기에 옷을 사 입는 사치와 책을 사는 비용마저도 아까운 삶을 살고 있다. 이러한 결과는 오로지 나의 부족한 능력 때문이라고 자책하는 편이 고정적인 수입을 갖고 오는 신랑에 대한 매너이며 나 같은 부모를 만난 아들에 대한 보상이라고 생각했다.

니시다 후미오 작가는《된다 된다 나는 된다》에서 이렇게 말하고 있다.

일이 안 풀릴 때는 어떻게 하면 좋을까? 해답은 간단하다. '일이 안 풀릴 때 → 고민한다 → 더욱더 일이 꼬인다'가 문제이므로, '일이 안 풀릴 때 →고민하지 않는다'를 행동으로 옮기면 그만이다.〈중략〉,

자신감이 자존감인줄 알았다

야구의 경우를 예로 들자면, 성적부진에 빠진 타자가 타격 폼이나 타이밍 등을 고민하면 할수록 슬럼프는 더 깊어진다. 오히려 뛰어난 선수는 대체로 '오는 공을 칠 뿐'이라는 심경으로 타석에서 자연스레 슬럼프의 늪에서 빠져나온다.

　나는 흰 종이에 원인과 결과를 적어 봤다. 원인은 용돈 제때 입금 안 한 것, 연락도 없고 찾아가지도 않은 것이었고 결과는 수익이 줄어든 구조에서 시어머니의 전화에 심각하게 반응하고 있는 나 자신과 그런 자신에게 비련의 주인공을 맡겨줄 부정적인 생각들을 줄줄이 엮고 있다는 것을 발견했다. 경제적 상황이 미치는 영향이 크다는 것을 알게 되었고, 아이들이 나가게 된 사유가 통제 가능한 것보다는 불가능한 것이 많았다. 원인을 찾기 쉽게 나를 향한 무능력과 질책으로 돌려버린 생각이 문제였음을 확실히 알게 되었다. 문제를 바라보는 '거리의 부재'를 확인 한 것이다. 작가의 말처럼 생각은 오히려 즐거울 때, 잘 나갈 때 하라고 했다. 안 좋은 일이 있어서 부정적인 생각이 자신을 통제할 땐 잠깐 거리를 두어 보기로 했다. 거리를 두고 보니 시어머니에 대한 말들이 이해되기 시작했다.
　의도치 않게 일어난 일들이 생겨 나를 힘들게 하는 생각들이 가득 찰 때는 첫째, 원인과 결과를 적어보자. 문제와의 거리를 둠으로써 좀 더 객관화 할 수 있다. 오히려 문제를 더 잘 해결하는 방법도 얻을 수 있다.

둘째, 답을 얻지 못한 문제는 노트를 활용하자. 노트에 적어두고 4일 동안 잊어버리고 생활하자. 4일 후 노트를 펴서 다시 생각해 보면 별일 아닌 일이 될 수 도 있고 벌써 정리가 된 상태일 수 있다. 시간을 활용한 거리 만들기에 적합하다.

셋째, 힘든 마음이나 생각을 전환 할 수 있는 방법을 찾아보자. 나는 아무 생각 없이 도로와 앞만을 바라보며 드라이브하는 방법을 쓴다. 지인은 평소에는 자잘하게 모아두었던 물건들을 중요도에 따라서 버리기 작업을 한다고 했다. 이런 방법들을 사용하면서 자신의 상태를 알게 되고 앞으로 나아가기 위한 노력을 하는 것이다.

태권도를 갔다가 들어오면서 아들은 체험 신청을 하지 않았다고 얘기를 했다. 돈이 들어간다는 얘기에 신청을 하지 않았다고 했다. 칭찬을 받으려는 눈빛을 보이고 있었다. 저 눈빛은 머리를 띵하게 했다. 아들이 '돈'을 생각해서 신청을 하지 않는다니. 이해가 되지 않았다. 엄마 아빠의 능력을 낮게 보는 건가? '돈'이라는 녀석 때문에 소심해졌나? 늘어가는 생각들에 빠질 즈음 '돈' 타령을 하고 있는 나를 발견했다. 말끝마다 아끼지 않는 모습을 비난하며 더 나쁜 결과들을 떠올리며 얘기하고 있었던 것이다. 슬퍼지는 마음만큼 생각들도 빈약한 모습의 나를 보여주고 있었다.

　조용히 종이를 꺼냈다. 원인과 결과를 따져보기도 전에 답을 알 수 있었다. 부정적인 감정과 생각으로 내 뱉는 말들을 조심해야겠다고 생각했다. 말을 할 때 한 번 더 생각하며 긍정적인 말을 사용하기로 했다. 아들에게는 좋은 기회가 있다면 엄마랑 상의하고 결정하자고 제안을 했다. 아들은 조금은 진지한 얼굴로 수긍을 했다. 아들의 얼굴에 변한 듯한 나의 말투와 행동을 바라보며 이상해 하는 모습이 보였다. 원인과 결과를 적기 시작하면서 객관화된 시선을 가지게 된 것 같아 기분이 좋았다. 조금씩 나를 힘들게 하는 생각들을 다스리게 되었다. 다스리는 방법을 선택하면서 실천하는 행동 속도도 빨라지고 있다. 더 이상 나를 힘들게 하는 생각들에 지배당하지 않는 방법을 습관화 하게 된 것이다. 내 삶은 더 이상 고질병적인 생각들의 연결 고리를 끊은 것이다. 문제로부터 거리를 띄워 원인과 결과 적기를 시작하자. 긍정적인 생각과 행동으로 변화시키면 삶에서 차지하는 힘든 정도는 상당히 가벼워 질 것이다.

공부만 잘하면 뭐라도 될 줄 알았다

●

1997년 1월 한보그룹 부도

1997년 3월 삼미그룹 부도……

국내의 굵직굵직한 그룹들의 부도 소식이 뉴스에 심심치 않게 나왔다. 한신공영, 진로그룹, 쌍방울, 해태 등 하나씩 터져 나오는 부도 소리는 졸업반을 앞둔 나의 취업전선에 검은 그림자를 드리웠다. IMF라는 커다란 장벽이 새로운 삶을 시작해야 하는 나를 강하게 방해하고 있었다.

"여기는 대구 안경 무역업체인데……"

자신감이 자존감인줄 알았다

졸업 즈음 교수님의 호출로 불려갔다. 교수님의 취업 추천이었다. 너무나 놀라운 소개라 정말 잘하고 싶었다. 소개 받은 곳으로 가서 면접을 봤다. 무역업체라 영어 번역을 해야 했다. 평상시에 영어 공부하는 것을 좋아했기에 부담이 없을 줄 알았다. 그러나 서류를 받고 해석을 할 수가 없었다. 최고로 잘 해야 한다는 부담감에 실수를 하면 안될 것 같았다. 모르는 단어 두 개 정도였는데 100%가 아니라는 생각에 못한다고 얘기를 했다. 사장님이 괜찮으니 아는 부분만 해 보라고 하셨지만 할 수 없다고 얘길 해 버렸다. 4년 동안 너무나 열심히 한 나였기에 2개의 단어를 모른다는 건 자존심에 상처를 내는 것이었다. 창피했다. 교수님의 기대에 부응도 하지 못하고 4년이라는 시간을 쓰레기통에 버린 것 같았다. 울먹이면서 집으로 향했다. 부분이라도 해석을 할 걸 후회를 하며

'살아 있는 공부를 하자.'

주어진 공부 교수님이 주는 지식을 공부하는 것이 아니라 주체적으로 공부하는 학생이 되고 싶었다. 영어 단어 2개를 몰라도 100% 완벽할 수 없다는 것을 인정할 수 있는 용기가 필요했다. 장학생, 우등생이라는 틀에 박혀서 변화와 대응을 하는 법을 잊어버린 자신을 되찾아야 했다. 4년 동안 책에 나와 있는 단편적인 지식을 습득하면 최고로 군림하면 뭐라도 될 줄 알았다. 나 자신에 대한 대단한 착각이었다. 내 공부는 온실속의 공부였다. 그때 이후로 영어 해석을 해도 여

러 분야에 걸쳐서 도전을 했고 실수도 할 수 있고 모를 수도 있다는 것을 인정하는 자세를 가졌다. 인정이라는 좋은 자세를 배우면서 더 노력하는 자신을 가지게 되었다.

"선생님, 우리 아이가 고등학생이 되어 공부를 열심히 합니다. 등급도 올리려고 노력도 하고 꿈도 정해서 준비도 하고 있습니다. 그런데 아들이 중학생 시절 왕따에 대한 생각을 떨쳐내지 못했는지 대학생이 되어도 공부만 하겠다고 얘길 하네요. 지나칠 정도로 공부에 매달리는데 어떻게 해야 하는지 몰라서 전화를 드려요."

아는 지인의 소개로 H학생 어머니의 전화를 받았다. H는 중학생 시절 덩치가 컸지만 4명이 어울리는 남자 그룹에서 빵 셔틀(힘이 약한 학생이 힘이 센 학생의 강압에 못 이겨 빵이나 물건을 대신사서 가져다주는 일이나 또는 그런 사람을 가리킴)이었다고 했다. 그 친구들과 빨리 떨어지길 바랐고, 공부는 눈에 들어오지도 않았다고 했다. 지금은 고등학생이 되어 아이들과 다른 학교가 되었고 인문계 고등학교를 겨우 들어갔다고 했다. 그 친구들을 무시하기 위해 자신이 더 잘나보이기 위해 공부에 매진한다고 했다. 등급은 아직 6등급이지만 4등급 3등급으로 올라갈 자신이 있다면서 눈물을 보였다. 마음이 약한 아이가 삶을 살기위해 찾은 돌파구는 학생의 본분인 공부였다.

"공부를 하는 목적이 너를 위한 게 아니라 그 친구들을 위한 것 같네."

H는 나의 얘기에 놀란 표정을 지었다. 고등학생 특히 인문계 고등학생은 대학 진학을 위해서라도 공부를 집중적으로 해야 한다. 공부를 3년 동안 줄기차게 해야 하는데 자신이 아닌 남에게 보여주기 위해 공부하는 거였다. H는 빵 셔틀의 기억을 안고 떨쳐 내지 못하고 있었다. 지칠때마다 그 기억을 되새김질 할 녀석을 생각하니 마음이 갑갑해서 혼이 났다. H를 끌어 당겼다. 의자를 조금 당겨서 앉은 녀석은 덩치가 큰 애기 같았다.

"네 자신을 위한 공부를 시작하자. 국영수 교과과목을 열심히 해서 등급을 많이 높이길 원하는 거니? 그럼 공부의 목적은 너를 향해 있어야 해. 다시 한 번 말하지만, 공부는 너를 위한 거야. 친구들을 무시하기 위해서도 네가 잘나 보이기 위해서도 아닌 널 위한 거야. 알았지? 그럼 공부를 어떤 식으로 하면 좋을까?"

하나씩 아이의 눈빛을 보면서 얘기를 풀었다. H는 공부의 목적이 자신을 향해야 한다는 의미를 계속 되물었다. 공부를 지금부터 해서 1등급을 맞아도 목적이 자신이 아닌 타인이라면 공부만 잘 하게 되는 것이다. 목적이 올바르지 않는 공부는 앞으로의 인생 전반을 살면서 '참공부' 의 의미를 깨우치지 못한다고 얘길 했다. 졸업반 시절 살아 있는 공부를 하겠다고 다짐했던 나의 얘기도 들려주면서.

"선생님 사실 첫 시험을 치르고 성적표를 받았을 때부터 공부를 시작도 못했어요. 공부를 잘해 그 친구들을 눌러주고 싶었는데 열심히 해도 나오지 않은 성적만 떠올랐어요. 속상하고 마음이 흔들렸어요."

자신의 속마음을 내비친 녀석은 마음을 조금씩 비우기 시작했다. 그 이후로 수업을 같이 진행하면서 자신을 위해 나아간다는 생각을 하면 자신이 멋있어 보이고 기운이 난다며 얘기를 했다. 자신을 이해하기 시작하면서 공부에 대한 확신을 가진 녀석은 좋은 성적을 유지했고, 중학생시절 빵 셔틀의 아픔은 새로운 친구들과 함께하는 추억으로 채워 나갔다. 공부가 제일 쉽다는 소리를 자연스럽게 하면서.

우리는 공부만 잘하면 뭐라도 될 줄 알고 있다. '공부'도 품격이 있다. 죽어라 공부하면서 성적이 오르지 않는 공부, 좋은 성적을 거두면서 최고를 자부하지만 자신을 믿지 못하는 공부, 자신에 대한 이해를 기반으로 공부의 목적을 만들어 가는 공부처럼 품격이 있다. 낮은 품격의 공부로 앞으로 나가고자 했던 당돌함을 벗고 생각해보자.

주어진 공부만 하는 나인가?

나에 대해서도 알아가면서 공부를 하고 있는가?

공부의 목적은 무엇인가?

공부를 위한 자세는 각자 다르지만 깨우치고 실행하는 공부인가?

자신감이 자존감인줄 알았다

나는 다른 사람의 침묵이 무섭다

●

"오~호 친구"

20년이 넘었지만 작고 귀여운 얼굴에 작은 점이 있던 친구의 목소리다. 그 목소리를 기억하고 있다니 내가 놀랍다. 초등학교 동창모임을 한다고 한다. 친구들은 누가 나올까? 초등학교 운동장에 커다란 오징어 모양을 그려놓고 추워도 더워도 열심히 뛰어 놀던 친구들의 모습에 웃음이 절로난다. 갑자기 너무 보고 싶어졌다. 지나온 시간만큼 각자의 생활공간들이 달라졌는데 공유하는 부분들이 있을까? 걱정 반 설렘 반으로 그날을 기다렸다.

친구들을 만나는 자리에 들어섰다. 전화를 건 녀석과 몇몇은 눈에 익었다. 그 녀석 옆으로 가서 앉으며 주위를 둘러보니 초등학생이었을 때의 친구들 모습이 정도의 차이만 있었지 남아 있었다. 나 또한 친구들에게 저렇게 보이겠지? 우리 집 앞집에 살던 일수, 귀여움이 가득한 내성적이었다는 생각이 드는 승권이, 흰 얼굴에 조용했던 광열이, 나한테 얻어맞아서 등짝이 아직도 아프다는 성호, 깔깔거리는 웃음소리가 사랑스런 현주, 터프한 우리 광순이, 그리고 듬직하면서도 멋진 동용이에 이르기까지 추억을 가진 친구들이 너무나 좋았다.

"… 들판에 서서 나는 울었어. 외로워서 나 한참을 울었어…."

역시 2차는 노래방이다. 각자 마이크를 쥐며 트로트를 부르는 모습을 보니 우리도 어느 정도 숙성된 성인이 되어 간다는 것을 느낄 수 있었다. 화려한 불빛을 보며 아이들의 분주한 모습을 보는 이 순간이 낯선 듯 즐거웠다. 순간 가슴이 뛰기 시작했다. 오른편에 앉아 있는 녀석들이 서로 얘기를 하고 있는데 나의 왼쪽에 앉는 친구는 멍하기 가사만 바라보고 있었기 때문이다. 뭐라고 말을 걸어야 하는데 할 수가 없다. 이 짧은 고요함이 친구 옆에 있다는 것을 질리도록 싫게 만들었다. 뭐라도 말을 해야 할 것 같아 이야기를 생각했다. 막 입을 열려는 순간 그 친구가 선곡한 노래가 나왔다. 안도의 숨을 내쉬었다. 저 녀석은 나한테 할 얘기가 없었던 걸까? 내가 불편했던 걸까? 끊임없는 질문들이 솟아 나와서 낯선 즐거움은 어느덧 괴로움이 되어가기 시작했다. 친구들과의 행복한 만남을 짧게 하고 일찍 집으로 향했다. 같은 자리에서 약간의 침묵에도 두려워하는 나를 느끼면서.

꽤 오래전의 일이다. 그룹 수업을 하는 시간은 늘 긴장이 된다. 보통 3명 내외가 집중감이 있고 케어가 되는 수업 인원이다. 초등학교 6학년 반은 수요가 많아 5명으로 수업을 진행했다. 한참 개념 설명을 끝내고 개념 확인을 위한 시간이 되었다. 내 손목에 있는 시계에 스톱워치 버튼을 눌렀다. '시간 내에 문제풀기'라는 제목으로 복습하는 우리들만의 약속시간이었다. 복습을 제대로 하지 않아 개념설명이 반복이 되다 보니 수업을 하는 5명이 모여서 토론한 결과로 만든 시간이다. 타이머를 누른 후 3분이 지나간다. 어김없이 그 녀석의 목소리가 들린다.

"직사각형이 왜 직사각형인지 아는 사람? 아무도 없지? 각이 져서 그렇지. 직사각형."

우습지도 않은 얘기를 하니 집중하며 풀던 친구들이 일제히 째려본다. 문제집에서 벗어난 눈동자들이 향하는 것을 아는지 모르는지 M은 계속 그런 농담을 하면서 문제를 풀고 있다. 스톱워치의 시간이 다 되어 검사를 하면 M은 항상 통과다. 다른 친구들은 약간씩 덜 푼 상태가 된다. 이번 주 내내 '시간 내에 문제풀기'는 항상 이런 식이었다. 조용한 시간에 집중해서 풀 수 있도록 구성을 해 놓았기에 이런 일이 발생하면 문제를 덜 풀 수밖에 없었다. 수업을 마친 후 M과 얘기를 나눴다.

"선생님! 전 조용히 있는 게 싫어요. 애들이 문제 푼다고 조용히 있으면 전 얘기하고 싶어져요. 아이들과 선생님이 절 어떻게 하는지 궁금해져요. 혹시나 생각을 한다면 나쁜 생각들만 하는 건 아닐까 두렵기도 하구요. 조용하면 답답해요. 머리도 아프고 누가 나를 현미경으로 쳐다보는 것 같아요."

M의 얘기를 듣고 놀랐다. 친구들은 자신이 웃기고 공부도 잘한다고 얘기를 한다고 했다. 학교에서 장기자랑이나 '끼'가 필요한 시간이 되면 자신은 늘 우선적으로 뽑힌다고 했다. 친구들과 있을 때 항상 시끌벅적 해야 하고 그 중심엔 항상 자기가 있어야 한다고 생각했다. 기분이 좋을 때나 슬플 때나 항상 친구들이 원하기 때문에 그렇게 행동해야만 했고 기대대로 하고 있다고 했다. '시간 내에 문제 풀기'라는 복습 시간에 주어지는 침묵이 너무나 싫다고 얘길 했다. 그 침묵은 자신을 계속 떠들어야 한다고 말하는 것 같다고 했다. 떠들기 시작하면 아이들이 자신을 쳐다보던지 선생님이 뭐라고 하면 마음이 편안해진다고 했다. 그때에 문제에 집중 할 수 있다고 했다. M는 우리의 침묵이 무서웠던 것이다.

'침묵은 나를 이해하기 좋은 시간이다. 남이 나를 어떻게 생각하는가를 생각하는 시간이 아니다.'

M과 나는 다른 사람들의 침묵이 무서웠다. 침묵이 내린 생황에서

무엇을 해야 한다는 생각이 들기 시작하고 남들이 나를 어떻게 생각하지 않을까하는 생각이 들기 시작하면 이야기 꺼리를 찾느라 모든 지식을 총동원한다. 즉각적으로 생각이 안 나면 조바심이 나를 지배하기 시작한다. 얼굴은 더욱 무표정해지고 등줄기에 땀이 흐른다. 침묵의 시간을 대하는 방법이 없어서 항상 곤혹을 치렀다. 그래서 더욱 웃기려고 노력하고 행동이나 표정도 과장되게 하는 경향이 습관화 되어 있었다. 리더의 자질도 침묵이 두려워 습득하기 시작했던 것이다. 코미디 프로그램이 필수 목록이 되는 것은 말할 것도 없다. 유행어를 몇 번이고 반복하고 창작도 해야 하는 침묵 대처방안이었다.

'친구들을 만나면 그들의 얘기를 듣고 함께 있고 싶다.'

마음에서 울리는 소리를 애써 외면하면서 침묵을 거부했다. 나의 재미없음으로 인해 혼자 있을 수도 있다는 생각이 들었기 때문이다 친구들을 제대로 이해 못 하고 있었을 지도 모른다. 그러나 혼자 있는 시간도 싫고 의도하든 의도하지 않았든 침묵이라는 그 조용함에 대한 대처를 생각할 수 없었다. 그래서 '척' 하는 가면을 쓰고 스스로에게 침묵하는 시간이 없기라는 책임을 부여하는 불편함을 지니고 있었던 것이다. 그 불편함에 눌려서 초등동창 모임을 아쉽게 일찍 떠났던 것이다.

침묵을 두려워하지 않기 위해서는 마음의 변화가 필요하다. 침묵이라는 것은 좋은 면이 많다. 그 시간동안 현재 자신이 있는 곳을 더 면

밀히 관찰을 할 수도 있다. 전에 보지 못했던 자연이 될 수도 있고 편안한 가구나 독특한 인테리어를 발견할 수도 있다. 상대방이 생각이 필요할 수도 있다. 그 생각을 전부 내가 알아야 한다는 착각은 하지 않도록 하자. 상대방이 설사 나에 대해 생각을 한다 하더라도 그것은 그의 생각일 뿐이다. 시간에 대한 예의를 지키자. 시간에 대한 예의는 내 시간을 허비 하지 않겠다는 마음을 보여 주는 것이다. 침묵은 잠깐 쉴 틈을 주면서 만나는 사람과의 즐거운 마감을 위한 시간이 될 수도 있다. 한창 흥이 돋았지만 일어나야 할 시간이면 각자 정리하는 시간이 필요할 수 있기 때문이다. 침묵이라는 시간은 나 아닌 누군가가 하는 모습을 지켜보는 시간으로도 만들 수 있고, 나 아닌 누군가가 바라는 나를 보여주는 시간이 아닌 있는 그대로의 나를 보일 시간으로 만들수도 있다. 침묵을 지금과는 다른 즐거운 시간으로 만들 수 있는 상상을 계속하면서 적극적으로 수용하는 전환의 기회로 만들어 습관화 해보자.

남편은 내 편이 아니다

●

일을 하느라 바쁠 시간에 남편으로부터 전화가 왔다. 시댁에 한 달 정도 가보지 못했다고 전화라도 한 통 했냐고 대뜸 물었다. 너무 놀라 멍했다. 언제부터 이런 일에 신경을 쓴 것일까? 뒤통수를 강하게 맞은 것 같았다.

"어? 전화? 하면 되지. 그런데 당신이 하면 되는데 나한테 시키는 거야?"

"엄마는 당신이 전화하는 거 좋아하잖아."

대답을 하고는 이내 끊어버린다. 3형제가 서로 개성이 강하게 다른 집. 시댁의 막내인 남편은 애교가 많지만 난 완전 무뚝뚝이다. 전화를 하라고 하니 부담도 되고 생각이 많아진다. 시어머니와 통화를 하고 나니 엄마의 목소리가 듣고 싶어졌다. 전화를 누르다 말았다. 괜히 전화 안하다 하면 걱정스러워할 테니. 나는 마음 표현을 잘 하지 않는다. 표현에 서툰 것 보다는 기질이 그런 편인 것 같다. 전화도 엄마가 자주 한다. 엄마랑 통화하는 모습을 보고 오해를 했던 걸까? 친정에는 전화를 자주 하고 시댁에는 전화를 하지 않는다고 말이다. 뜬금없는 전화를 받고 나니 기분이 이상해진다.

'뭐지? 나는 시댁에 전화를 자주 하라고 하면서 자기는 우리 부모님께 행사 치레로 생일 때 한 번씩 하고 있으면서'

남편에 대한 서운함이 생기기 시작했다. 전화를 하지 않는다고 시댁을 생각하지 않는 건 아니다. 아직은 어색한 부모님일 뿐이다. 시어머니 손맛이 나는 음식을 먹으면 함께 와서 먹고 싶어지고 노란 학원 차가 지나가면 시아버지의 안전을 기원하게 된다. 순간의 찰나를 전화가 아닌 생각으로 지나쳐서 전화할 기회를 놓칠 뿐이다.

남편은 모른다. 시댁에 용돈과 친정의 용돈을 같은 금액으로 주지 못한다는 것을. 정해진 생활비 속에서 시댁은 일정한 금액 그대로 친정은 약간씩 금액변동을 줄 수밖에 없는 걸 모른다. 내 부모 남편 부모를 이분법적으로 나누는 자체가 이상하지만 어쩐지 내 부모 있는 곳은 내가 서 있고 시댁 부모 있는 곳은 남편이 서서 마주 보고 있는 느낌이 강하다. 편이 갈라지는 느낌과 생각을 하는 상황이 너무 낯설다. 이 상황을 바꾸기 위해 남편에게 간접적으로 명절 용돈을 다르게 주는 것을 얘기한다. 남편은 똑같이 주라고 하지만 형편상 안 되는 것을 얘기했다. 씁쓸하지만 차이가 있음을 알게 되어서일까? 남편은 친정 부모님과 식사를 하거나 모임이 있을 때 더 살갑게 대하고 챙기는 모습을 보여주고 있다.

'장모님, 머리 하라고 용돈 드렸는데 아직 안한 거 같네요.'

남편은 그렇게 조금씩 내 곁으로 다가오는 것 같다. 조금 더 얘기하고 표현을 해야 할 필요성이 느껴진다.

"엉, 아야! 아야~!"

나도 모르게 신음 소리를 내며 아파하고 있다. 남편은 나를 내려다 보며 병원을 가자고 하지만 일어설 기운조차 없다. 동생이 옆에서 무얼 할지 당황하며 몸을 만져주고 하지만 아픈 건 전혀 줄어들지 않았다. 아프고 아파서 세상이 싫어지는 순간이었다. 남편은 '병원'을 거부하는 날 보며 한심하다는 듯이 내려다본다. 아들은 약을 사러 나가고 갑자기 오한이 들기 시작했다. 남편은 두툼한 이불들만 골라서 겹겹이 덮어 주었다. 이불을 둘둘 말고 있으니 아픈 곳을 찾아가며 주물러준다. 아픔이 조금 가시는 것 같았다. 잠이 들었던 것일까? 아님 약기운이 떨어진 걸까? 살을 갈기갈기 찢어낼 것만 같은 아픔이 나를 이 세상으로 불러냈다. 옆에는 아무도 없었고, 어두웠다. 폭발적인 울음이 터졌다. 나 스스로도 놀랄 만큼 큰 소리와 억제 되지 않는 울음이 터져 나왔다.

"엄마, 엄마, 많이 아파?"

옆방에 있던 아들이 헐레벌떡 뛰어오며 물었다. 걱정이 한 가득 찬 아들을 보고 있으니 이래선 안 되겠다 싶은데 아픔은 빨리 가시지 않았다. 남편은 집에 없었다. 아파서 울부짖으며 호소하는데 남편의 기척은 어디에도 없었다. 10년을 넘게 살아온 남편은 누구인가라는 의문이 생기기 시작했다. 친정 부모님이 생각났다. 전화를 하면 금방 달려오실 것이다. 그 마음을 알기에 현재의 이런 모습을 보이기 싫어 눈을 감았다.

"엄마! 미안해. 아빠! 미안해."

친정 부모님께 잘 하지 못한 일들이 구구절절 떠올라 허공에다가 고백을 했다. 그 시간 남편은 초등 동창들을 만나서 즐거운 시간을 보냈다. 아들이 나의 이상한 고백들을 들으면서 겁이 났는지 남편에게 전화를 했다. 전화기 저편에는 술잔이 부딪치는 소리 웃음소리 가득함이 크게 들렸다. 적막한 집안으로 커지면서 들리는 소리는 나의 아픔을 배가 되게 만들었다. 몸 이곳저곳을 거침없이 쑤시면서 돌아다녔다. 병원을 안 간 후회보다는 차라리 갈 때까지 가보자는 생각이 들기 시작했다. 남편은 지금 여기가 아닌 저곳에 있다. 서러움에 숨이 넘어갈 것 같았다. 눈물은 어디서 힘을 내는지 쏟아져 나왔고 세상을 삼킬 듯 목청껏 우는 소리가 한동안 계속 되었다. 어느 덧 편안함이 이끄는 아침의 햇살에 눈을 떴다.

"그랬구나! 남편은 남의 편이 될 수도 있구나."

삶속에서 내 마음이 얼마나 힘들었는지를 알게 되었다. 더불어 남편도 내편이 아니라는 생각이 강해졌다. 친구보다 못한 존재라는 생각에 더욱 마음이 아팠다. 이대로 삶을 지속할 수 없었다. 고민 끝에 우회적인 방법이 떠올랐다. 아들에게 엄마가 아플 때 아빠가 친구 만나러 가면 어떤지를 물었다. 저녁에 거실에 앉은 아빠를 보며 아들은

"아빠, 엄마 아픈데 나가서 술 마시면 안 되지!"

아들의 얘기에 남편은 말이 없었다. 조금 뒤에 '미안하다'고 얘기하는 남편의 모습을 아들과 나는 볼 수 있었다. 막힌 무언가가 좋은 쪽으로 흘러갈 수 있을 것 같았다. 마주보고 얘길 하면 감정싸움이 될 수도 있기에 아들을 통해 제대로 전달이 된 얘기는 효과를 좋게 했다.

"아빠, 아빠랑 차박 하고 싶어!"

고생하는 여행 몸을 사용하는 여행을 싫어하는 남편은 아들과 내가 동생네랑 캠핑하는 걸 이해하지 못했다. 오히려 이상하다고 얘기하기도 했다. 아들이 원한다고 얘길 하니 남편은 함께 캠핑을 떠났다. 춥기도 추운 하루였지만 아들과 함께 최선을 다하는 모습을 보였다. 좋은 느낌과 가족이 함께 한다는 시간이 좋았던 걸까? 캠핑카를 사자는 농담도 남편은 했다. 살짝 여행 맛을 알게 된 건지 아들과 나를 이해하기 시작했다는 생각이 들었다. 아들을 통해서 남편은 서서히 내 편이 되어 갔다. 이분법적인 생각이라고 하겠지만 서로 같은 편이 되어

이해하기 시작했다는 것이다.

남편과 나의 직설적인 표현을 마주치지 않고 아들을 대두로 한 변화는 상당히 좋았다. 남편도 나뿐만 아니라 아들에게 이야기를 자주하게 되고 가족과 함께 하는 시간을 가질려고 한다. 나 또한 카톡이나 문자를 이용하면서 살짝 남편에게 계산적인 마음의 표현을 하기도 한다. 무뚝뚝의 대명사인 내가 하트를 쓰기도 하고 기분이 좋을 때 남편을 최고로 만드는 발언을 하는 것이다. 서서히 이분법적인 내 마음의 편견도 옅어지기 시작했다.

사람은 사람 사이에서 모든 것들이 변화되고 앞으로 나아갈 수 있다. 지금 나는 남편과 함께 하는 삶 속에서 같은 곳을 바라보며 같이 있고자 노력을 한다. 아들과 함께 더 나은 '가족'이 되고자 서로 소통하고 행동하는 일들을 즐기고 있다. 내가 바라는 대로 원하는 대로의 삶속에서 가장 소중한 남편과 아들이 함께 하는 순간들이 행복과 감사함으로 충만하고 있음을 느끼면서 말이다.

자신감이 자존감인줄 알았다

오늘도 울고 싶은 나는 '엄마'다

●

'무자식이 상팔자'

이 말이 무색할 정도로 불임병원엔 많은 예비엄마 아빠들이 있었다. 온갖 검사를 하고 혹시나 찾아올지 모르는 아이를 위하여 최적의 몸을 만들기 위해 노력하고 마음을 가다듬는다. 병원 안에서나 밖에서 최고의 복 받은 사람은 '임산부'였다. 임산부의 부른 배를 한 번 만지고 싶은 충동을 느낄 만큼 강렬한 소망이었다.

'37일'

6년이라는 결혼생활을 하는 동안 아이를 가져야겠다는 생각은 6년째 되던 해 부터였다. 그동안 생기면 놓는다고 말했지만 아이는 찾아오지 않았다. '불임병원'을 방문하여 갖가지 검사를 했고 살을 빼라는 여의사님의 따가운 눈총에 상처를 받았다. 밤마다 학교운동장을 도는 습관을 만들면서 여의사님을 생각하니 훨씬 더 열심히 하게 되었다. 배에 손수 주사를 놓으며 '인공수정'을 시도한 첫 번째 시술로 임산부가 되는 산모수첩을 수여받았다. 한 아이의 엄마가 된다는 기쁨도 잠시 하혈을 해서 입원을 했다. 평생 처음의 입원이었다. 의사선생님은 태반이 약하니 특히 조심을 해야 한다고 했다. 매일매일 기도를 했다. 엄마가 될 자격을 달라고 이 아이는 세상에 꼭 나와야 하니 제발 32주라도 내 뱃속에 있게 해달라고. 진료를 받을 때마다 의사선생님은 최악을 설명해 주셨다. 최악의 말은 머리에 남아 부른 배를 자꾸 쓰다듬게 했다. 기도 때문이었을까 32주를 딱 지나는 날 갑자기 허리가 아프기 시작했다. 병원을 방문했더니 아기가 나올 것 같다는 얘기를 했다.

"32주에 딱 들어설 때네요. 폐가 갓 형성되었기 때문에 호흡기 있는 인큐베이터를 구비한 대학병원으로 가야 합니다."

입원했을 때 기도를 잘못했구나. 마음이 급했다. 의사선생님께 매달렸다. 신원식 원장님은 자신이 책임진다며 전에 있었던 대학병원에 받아달라고 사정을 했다. 그 병원으로 급히 갈 수 있었다. 내가 도착하기 바로 전에 한 산모는 인큐베이터가 없어서 부산으로 응급차를 타고 이송되었다고 했다. 다행이라고 생각했다. 약을 처방받고 누워 있는 시간동안 천당과 지옥을 수십 번 왕래했다. 눈물이 나서 울고 싶었지만 참았다. 아이가 내 목소릴 듣고 겁을 먹을 것 같아서 내 기도 때문에 32주 만에 나올 준비를 하는 것 같아서 꾹꾹 참았다. 하루를 꼬박 기다렸지만 출산을 하는 방법 외에는 없다고 했다. 제대로 힘주는 법도 배우지 못해 얼굴에 실핏줄을 터뜨리며 아이를 낳았다. 아이는 세상에 나오자마자 인큐베이터에 실려서 가버렸다. 1.81kg의 사내아이는 숨쉬기를 배우며 세상의 좁은 공간으로 들어갔고 일주일 뒤 나는 퇴원을 했다.

모유를 가지고 버스를 타는 초보 엄마 더운 여름 아이를 보고자 2시간을 왕래하지만 아이를 들여다보는 시간은 고작 5분 내외였다. 혼자 숨쉬기를 배우고 있는 아들이 세상에 있다는 기쁨과 함께 미안함 죄책감이 짬뽕이 되어 감정은 '나'를 혼란스럽게 했다. 몸이 타 들어가는 듯한 감정으로 아이가 잘못 되지 않을까 하는 생각에 병원을 서성이는 '근심 많은 초보 엄마'였다. 남편은 위로하기 위한 것인지 스스로 마음을 다독이는지 잘 이겨낼 수 있다고 얘기를 했다. 불안함이 커버린 마음에 남편의 얘기는 바람처럼 날아가 버렸다.

"아이가 감염이 되어서 위험한 상황이 있었습니다. 상담도 한 번도 안 하시고 걱정이 안 되었습니까? 이제 아이가 숨도 잘 쉬고 무게도 적당히 나가니 퇴원해도 됩니다."

상담은 선택 사항이라서 안 한 것인데 초보 엄마의 자질 부족으로 비춰졌다. 그러나 아이와 함께 퇴원할 수 있다는 사실이 너무너무 행복했다. 37일을 매일 울면서 아이의 안녕을 바란 초보 엄마가 이제 아이와 함께 엄마가 되기 위한 수련시간을 가지게 된 것이다. 아이를 낳고 엄마의 첫 출발은 눈물과 몸조리의 부실로 손끝 발끝이 시렸다. '엄마' 가 되기 위한 수련시간을 거치는 나는 아이와 함께여서 행복했지만 가끔씩 울컥하는 성질을 부리기도 했다. 수련과정은 생각보다 더 길고 힘이 들었기 때문이다.

"언니, 불임 카페에서 글을 읽고 전화했어요."

불임카페에 아이를 가지기 전부터 낳은 후까지의 얘기를 읽고 동생이라며 전화가 왔다. 한 번도 보지 않았지만 같은 불임 카페인이라는 이유는 강한 유대감을 주었다. 그녀는 세 번의 인공수정과 두 번의 시험관으로 인해 세쌍둥이를 임신했다고 했다 너무 좋아서 행복할 것만 같은 그녀는 울먹이기 시작했다. 만날 장소를 정하고 바로 달려갔다. 충혈된 눈으로 앉아 있는 그녀를 보며 무언가 잘못된 느낌을 받았다. 조용히 그녀가 얘기하길 기다렸다.

"세 쌍둥이중 하나를 지워야 한 대요. 세쌍둥이인걸 알자마자 한명을 포기해야 한대요. 몸이 약해서 잘못하면 세 명다 잘못 될 수 있다고 의사 선생님이 선택하래요."

예상은 적중했다. 그녀는 그 얘기 이후 아직도 마음을 정하지 못했다고 신랑과 얘기를 해도 선택은 자신의 몫이라 무섭다고 했다. 몸이 약하고 자궁이 약하면 아이는 흘러 내려 유산이 될 수도 있다. 그래서 의사는 어쩔 수 없이 선택을 내려야 한다고 했을 것이다. 그녀 또한 선택이 필요함을 알지만 누구를 살리고 누구를 죽인다는 생각에 시간을 보내고 있었다. 엄마 자격이 없다고 울면서

"우리는 엄마라는 역할을 할 수 있는 선택을 받은 사람이야. 내 아이를 위해서 어쩔 수 없는 선택을 해야 한다면 그것 또한 엄마의 역할이겠지. 네가 세쌍둥이를 품을 수 있는 여건이 전혀 안 되는 상황에서 최선을 다하는 것도 엄마의 역할이야. 우리는 자격 검정을 받아서 엄마가 되는 건 아니지만 엄마라는 직책의 역할을 아이와 함께 커가면서 배우는 '유일한 엄마'가 되는 거야. 한 명의 사랑을 두 아이에게 더 나눠주면 되지 않을까? 흔적도 없이 사라지지만 네 마음속엔 영원히 네 아이로 남아 있을 테니까."

펑펑 울었다. 엄마가 보고 싶다고 얘기하는 그녀에게 다가가 지그시 안아줬다. 선택을 해야 하는 결심이 필요했고, '엄마'가 되기 위한 첫 발이 너무 힘든 과정이지만 잘 할 수 있다는 것을 알았다. '임신'이라는 축복을 받기 위해 처절한 사투에서 이긴 사람들이니까. 그녀는 돌보고 사랑해야 할 두 명의 아이들을 생각하며 슬픔을 여기서 끝내야 했다. 충분히 울 동안 옆에 있었다. 이제 '초보 엄마'가 되어 가

고 있다. 자신이 조절 할 수 없는 상황이었을 때 마음가짐을 다르게 먹는 것으로도 '엄마' 의 역할은 달라진다는 것을 하나씩 알아가고 있는 것이다. 그녀는 지금 두 쌍둥이에게 사랑을 듬뿍 주고 있다. 넘치게 주고 있다. 두 명의 개구쟁이들이 집안을 휘젓고 쉴 틈을 주지 않는 고약한 상황에서도 '엄마' 의 역할을 제대로 해내는 내가 가장 존경하는 '엄마 전문가' 이다

엄마는 자격증이 없다. 자격을 묻지도 않는다. 다만 아이를 품으면서 엄마가 되어가는 준비를 하고 아이를 낳으면서 엄마로서 발을 내딛는 철저한 경험주의 '실천가' 이자 '전문가' 이다. 예행연습도 없고 정답도 없는 '엄마' 의 역할은 아이들과 함께 하면서 자신만의 스타일로 만들어가는 육아 스토리의 핵심인물이다. 아이를 오래 품지 못한 죄책감에서 벗어나 아이와 함께 성장해가는 나와 한 아이를 어쩔 수 없이 보내면서 많은 아픔과 두려움을 겪은 그녀의 이름은 '엄마' 다. 아이로 인해 울고 웃는 우리는 '엄마 전문가' 를 향하고 있는 중임을 명심하고 있다. 병원을 오고가던 시간부터 지금까지 아이로 인해 울고 싶은 순간이 많았던 나는 후회 없는 '엄마' 다. '엄마' 라서 삶은 더 충분히 행복하고 살만하다는 것을 얘기하고 싶다.

시작하고, 포기하고, 또 시작하고

●

"나는 한 놈만 팬다."

주유소 습격사건의 유호성씨의 말이다. 그 캐릭터는 싸움에서 정말 한 사람에게만 공격을 하고 집중을 한다. 자신의 철칙을 제대로 보여주는 장면에서 영화관은 통쾌하게 웃는 소리로 가득 찼던 것을 기억하고 있다. 우리의 인생도 이렇게 시원한 웃음을 지으며 한 분야의 깊이를 깊게 파고 들 수 있을 것이다. 낙수가 바위를 깨는 것을 볼 수 있듯이 깊이 있게 끈기 있게 말이다.

"여보, 노후 생활로 공인중개사 자격증을 따야겠어."

남편에게 큰 소리로 말을 했다. 결혼을 하면서 7년 동안 다닌 직장을 정리했다. 두어 달 쉬어보니 뭔가를 해야 한다는 생각에 정한 결심이었다. 그 날 저녁 시아버님이 공인중개사 책을 전부 다 사오셨다. 열심히 하라고 격려해 주셨다. 공부를 시작했다. 공인중개사가 되어 부동산 부자가 된 미래를 생각하는 일은 구름이 솜사탕이 되어 떨어지는 기분이었다. 밑줄을 그어가면서 하는 공부는 참 맛이 있고 즐거웠다. 딱 며칠 동안의 희열은 지금도 가슴에 남아 있다. 시아버님의 격려가 담긴 책이라 더욱 정이 갔다. 한 과목을 끝까지 보고 나니 다음 책 진도를 나가는 하는데 한 장에 투자하는 시간은 점점 늘어갔다. 한 장을 넘기는데 3일, 또 한 장을 넘기는 시간이 7일, 또 한 장을 넘기기까지의 시간은 한 달 그리고 책은 책꽂이용이 되었다.

"과외를 하려면 제대로 해야지. 청소년들에 대한 올바른 지식으로 이해하고, 청소년 지도사 · 청소년 상담사를 따서 청소년 관련 업무를 할 능력을 키울래."

한국방송통신대학교 3학년 청소년 교육학과에 입학을 했다. 청소년 교육에 관심 있는 동기 샘들을 만나 과제물도 같이 하고 아이들에 대한 생각들을 공유하면서 4학년 졸업을 했다. 입학을 할 때의 의도와 달리 2년 동안의 수업은 많은 도움이 되지 않았다. 청소년 아이들을 이해하는 가장 좋은 방법은 아이들과 대면하고 함께 하고 얘기를 나누는 것임을 깨닫게 되었다. 졸업과 동시에 준비해야 할 청소년 지도사 자격증과 상담사 자격증은 필요성이 없었다. 먼 꿈처럼 서서히 잊혀져 갔다.

"미래는 노인이 많은 세상, 현재의 상황에서 우리나라는 복지가 부족해. 사회복지사 자격증을 취득해서 복지 쪽에 일을 해 봐야지."

인터넷 강의를 들으면서 시험을 치르고 과제물을 하고 청소년 아이들의 시험기간에 맞춰서 진행되는 나의 일정들 '사회복지사'는 운전면허증 다음으로 많다는 교수님의 말을 들었다. 끝까지 해서 자격증을 취득하겠다고 다짐했다. 그래서 복지관 운영을 하는 나의 모습까지 생생히 그리면서 흥분했다. 남편은 지금 하는 일을 정년퇴임하면 복지관에서 일을 계속 할 수 있겠다며 얘기를 했다. 남편과 같이 일할 수도 있다고 생각하니 '가족공동체 사업장'이 되는 것 같다. 더욱 열심히 하게 되었다. '미혼모 생활시설'로 실습을 나가면서 복지사업은 천직이라는 생각이 들었다. 젊은 나이에 어쩔 수 없이 갖게 된 아이를 미혼모들은 입양이 아닌 육아를 하겠다는 착한 선택을 했다. 미혼모 생활 공동체 시설에서 실습하며 본 모습은 미혼모들을 자립하게 도와주면서도 아이를 키울 수 있는 마음과 습관을 가지는 생활밀착형이었다. 목표가 확고해지자 나의 미래도 사회복지 속으로 점점 빠지는 상상이 늘어났다. 사회복지사 자격증을 따면 경력을 쌓고 시설장이 되겠다고 가족들에게 선언도 했다. '사회복지사2급'은 고이 노란봉투에 담겨서 책장 안에 잠들어 있다. 아직 아이들과 수업을 하는 것이 너무 좋다. 아이들과의 수업을 시작할 때 했던 고민의 깊이만큼 사회복지사는 아직 내 마음을 다 얻지 못했다. 그래서 그 노란 봉투는 깊이 잠들지도 모르는 생각이 든다.

"나 글 쓰고 싶어. 작가가 되고 싶어."

남편에게 얘기를 했다. 남편은 술 한 잔을 입에 털어 넣더니

"꾸준히 하는 걸 못 봤다. 글 쓴다고? 써봐라. 나는 이제 당신 덕 볼 생각 없다."

남편의 말은 귀속에서 점점 더 작아진다. 나는 이리도 못난 사람인가? 갑자기 우울하고 미쳐 버릴 것만 같았다. 내가 시작하고 포기하는 것은 끈기가 없어서일까? 남편은 내가 변할 수 없다는 것과 내가 여러 가지 시도를 하는데 있어서 결과물이 나오지 않으니 뭔가를 얘기해도 그만두겠지 이런 생각을 하고 있었던 모양이다. 식탁에 앉아 있는 남편이 낯설다. 그 앞에 앉아 있는 나도 낯설다. 나는 시작하고 포기하고를 반복했다. 그것은 누구보다 잘 알고 있다. 시작하고 포기하는 선택의 반복이 내 삶을 어떻게 살 것인가에 대한 과정이라고 생

각 해 볼 수 없었을까? 식탁 앞은 침묵이 내려앉기 시작했다.

'내 마음을 이해해 주고 있는 줄 알았어, 당신은 그런 마음으로 나를 쳐다봤구나. 참 외롭다. 나는 내가 무엇에 강한지 무엇을 하면 평생 즐겁게 할 수 있는지 찾고 있었어. 당신이 정년퇴임을 하면 난 그때도 즐겁게 할 수 있는 뭔가를 찾아서 계속 도전하고 있었을 뿐이야.'

속으로 나에게 외치는 소리가 들린다. 남편의 얘기가 비수로 들어와 구멍이 난 곳을 향하여 외치는 나의 소리였다. 다음 날 글쓰기 최고 카페인 〈한국책쓰기·성공학코칭협회〉(이하 '한책협')을 찾았다. 그곳에서 성공하는 작가들의 증언을 들으며 나도 책 쓰기에 대한 강한 욕망을 느낄 수 있었다. 내가 십년 이상을 시작하고 포기하고 또 시작하며 찾아낸 것은 바로 글쓰기다. 한책협의 최고수들과 함께 책을 쓰는 도움을 받고 책을 쓰고 있는 요즘 나는 안다.

아무것도 변하지 않을지라도 스스로가 변하면 모든 것이 변한다는 말처럼 '책쓰기'가 평생을 걸쳐서 열정을 불태울 과업이라는 생각과 함께 행동한 결과는 자존감 공부의 저자가 되었다. 메신저로서의 삶을 꿈꾸던 나는 강연도 나가고 있다. 삶의 가장자리에서 그토록 바라던 일을 하고 있는 것이다. 시작하고, 포기하고 또 시작했던 반복의 과정은 나를 확실히 잡아줄, 잡을 뭔가를 찾기 위한 행동이었다. 끈기가 없는 것이 아니라 잘하는 것을 찾기 위한 노력의 과정들이 보여준 결과였다. 그 과정에서 '나'를 생각하는 시간들을 가지게 되는 소중한 경험도 누적이 되어 다가오는 기회를 잡을 수 있는 순간 포착의 힘을 기른 것이다. 만약 다시 예전으로 돌아간대도 가만히 있으면서 삶을 주어진 대로 사는 것 보다는 시작하고 포기하더라도 다시 시작하는 삶을 선택할 것이다. 정말 좋아하고 잘하는 일을 하고 있는 나를 만날 수 있을 테니까.

지금 당장 자존감 공부를
시작하라

Confidence
Self-esteem

자신감이 자존감인줄 알았다

자신감과 자존감은 관계가 있을까?

어떤 일을 하려고 할 때 자신이 없다고 하는 아이는 자존감이 낮은 걸까?

친구 집에 놀러갔을 때의 일이다. 친구 집으로 향하는 길에 초등학생 2-3학년 정도 되는 아이들이 보드를 타면서 신나게 놀고 있었다. 현재 아이들의 호기심을 자극하는 놀이인지 여럿이 모여 타고 있었다. 친구 아들을 보니 궁금해서 물었다.

"오는 길에 보니 보드 타는 친구들이 많던데, 보드 타니?"

타지 않는다고 했다 오는 길에 본 친구들이 모습이 너무 재밌어 보이고 멋있어 보였다고 타보라고 권했다. 녀석은 자신 없다면서 자신의 방으로 들어가 버렸다. 괜한 얘기를 한 건가 싶은 생각에 마음이 편치 않았다. 두 달 정도 지나 찾아간 친구네 집 입구에 색상이 독특한 보드가 서 있었다.

"누가 타는 보드야?"

친구 아들이 달려와 자신의 것이라며 타는 모습을 보였다. 놀랍기도 하고 실력이 어느 정도인지 알고 싶은 충동에 빠졌다. 친구에게 아파트 공원 옆에 카페로 가자고 얘길 하며 친구 아들도 거기서 보드도 타면 되겠다고 살짝 부추겼다. 녀석은 좋다며 따라나섰다. 친구와 얘기를 하며 걷는 거리를 씽씽 지나가기도 하고 뱅그르르 주위를 돌기도 하며 묘기도 보였다. 자신감이 없어 도망치듯 가버린 녀석을 보며 도전도 하지 않는 자존감이 낮은 아이라고 단정을 지었다. 단칼에 거부하는 자세를 보이며 도망치듯 사라진 녀석을 보며 걱정을 많이 한 시간이 사라졌다. 신이 나서 보드를 자신의 일부처럼 타며 표현하는 친구가 자존감이 낮다고 할 수 없다.

아는 만큼 보인다. 자존감에 대한 생각이 좁고 편협했다. 친구 아들 녀석은 뭔가를 도전할 일이 있을 때 자신이 없다고 그 자리를 피했다. 그건 자존감의 문제가 아니라 자신이 보드를 탈지 안탈지를 정하지 않는 것에 대한 대답이었다. 뭔가를 결정할 때 자신만의 시간이 필요하거나 결심이 필요했던 것이다. 보드를 타겠다고 결정해서 보드를 탔고 즐겼다면 그건 자신에 대한 마음의 상태를 정하고 행한 행동이다. 보드가 재밌었다면 더 즐기며 타면 되는 것이고 재미가 없다면 자신의 생각을 정리하고 접으면 되는 것이다. 친구 아들을 보며 자존감이 무엇인지 생각을 해본다. 자존감이란 자신에 대한 자신감이다. 자신에 대한 선택을 확신에 찬 행동으로 보여 줄 수 있다는 것을 의미한다. 망설임은 생각하는 중이고 망설임 끝에 얻은 결론을 믿고 앞으로 나아갈 수 있는 것이다. 확신을 가진 자존감은 선택의 후회를 만들지 않는 다는 것을 잘 알고 있기 때문이다.

"당연한 거 아님? 그 정도는 나는 당연히 할 수 있지."

핸드폰 직영점을 하면서 수익 창출에 대한 돌파구로 중고폰 판매 사이트를 만들어야겠다는 생각이 들었다. 당시 중고폰을 매입하여 다른 사이트에서 팔아본 경험자로서 판매와 구매 수수료를 챙기고, 중고물품도 구입하고 팔 수 있는 1석2조의 사업 아이템이었다. 빚을 내어 또 하나의 사업을 추친 했다. '폰4989' 라는 홈페이지 작업을 시작하게 된 것이다. 홈페이지 만드는 기술자와 얘기를 하고 오류가 나는 부분을 수정하는 작업을 여러 차례 거치는 동안 나의 열정은 무럭무럭 자라고 있었다. 앞으로의 수익을 생각하니 황금마차를 가진 기분이었다. 다른 사이트가 몇 개 있었지만 보란 듯이 잘 나가기라 확신했다. 엄마 아빠에게 좋은 모습을 보여 줄 수 있을 거라고 당당하게 얘기도 했다. 직영점이 잘 되고 있지 않은 걸 만회하기라도 하듯이.

시작부터 살짝 예상을 뒤엎었다. 판매자와 구매자에게 알리는 것을 생각해야 했다. 다른 사이트들처럼 네이버나 다음에 광고를 해야 했고 예상치 못한 비용이 지속적으로 들어갔다. 빚을 더 늘리는 일로 자리 잡기 시작했다. 돈을 뿌린 만큼 결과는 저조했고 내 마음의 열정은 조금씩 줄어들기 시작했다. 함께 도와주겠다고 한 동생은 계속 홈페이지를 관리하며 노력을 했지만 내가 보기에는 실패였다. 또 하나의 빚을 늘리게 되었다. 자신감 있게 시작하면서 좋은 결과를 내면 삶을 이겨낼 수 있는 사람이라고 생각했다. 이런 단편적인 생각은 '나'라는 존재를 꼭꼭 숨겨버렸다.

'준비도 했고 여러 번의 경험도 있었다. 정말 자신이 있어서 시작한 일인데 결국은 실패인가? 나는 직영점을 하면서 잃은 자신감을 찾기 위해 새로운 경험을 자신 있게 추진했는데 역시 나는 안 되는 사람이구나.'

삶을 이겨내고자 했다. 자신감에 찬 모습을 가족에게 보여주고 성공하면 되는 거라 생각했다. 가족들에게 '나'란 존재는 어려움을 이겨낸 성공인이 된다고 생각했다. 실패자는 실패자로 끝나는 결론이었던가. 실패는 나를 집요하게 공격하기 시작했다. 자신감이 항상 넘치는 나였기에 나를 공격하는 자신을 받아들일 수가 없었다. 홈페이지 관리조차 동생에게 맡기고 중고폰 매입도 하러 나가지 않았다. 실패를 인생에 하나 더 보태었다는 절망감에 잡혀서 '실패자' 라고 받아들이며 어둠속으로 걸어들어 갔다. 자질의 유무를 확인도 안하고 시작한 무식한 무대포 인생. 늘어나는 한숨이 더해져 하루가 길어도 너무 길었다.

집으로 가는 길에 차를 벽에다 박아버리고 싶었다. 보행자를 다치게 하면 안 된다. 다른 운전자도 다치게 하면 안 된다. 실패만 하는 내가 다른 사람들을 생각하고 있었다. 필요도 없는 존재며 동생이나 가족의 인생에 해가 된 존재가 진심으로 다른 사람을 걱정하고 있었다. 내 마음에도 이런 괜찮은 구석이 있었구나 하는 생각이 스쳤다. 집 앞 강가 옆에 차를 주차하고 제일 좋아하는 '수고했어, 오늘도'를 크게 틀었다. 괴로운 마음에 더 차가운 시선을 나에게 보내고 행동 하나하나에 완고한 기준을 적용해서 보낸 긴 하루를 견뎌줘서 고맙다고 생각을 했다.

혼자 있는 시간동안 친구 아들 녀석을 떠올렸다. 어렸지만 내가 던진 말에 '생각하지 않은 자신감' 을 보이지 않았던 아이. 자신과의 대화를 하고 난 뒤 결정을 하는 자존감 높은 아이. 나는 생각을 한다고 했지만 기존의 실패가 두려워 빨리 성공하는 모습을 보여주고자 강한 자신감을 내보였다. 정말 원해서가 아닌 손실 만회를 해 보고자 하는 욕심 때문에

'내가 너무 성급했어. 실패했다고 나를 너무 냉혹하게 대했어. 너덜

너덜해진 마음에 자신감 있게 얘기한다고 상처받은 마음이 바로 복구되지는 않지. 나 자신이 쓸모없다고 생각하며 보이는 자신감은 자신감이 아니었고 허세였다. 내 마음을 사랑할 수 있는 자존감을 갖는 법은 뭘까? 내가 잘 할 수 있는 것이 있겠지. 더 잘 할 수 있는 것도 있겠지. 내 마음과 얘기를 한 후에 진심으로 행동하도록 하자.'

'자신감'과 '자존감'을 똑같이 생각했다. 내가 보인 자신감은 보여주기 위한 자신감이었다. 친구 아들 녀석의 자신감은 자존감을 동반한 자신감이었다. 자존감이 동반된 자신감은 실패를 당했을 때도 자신에 대한 모진 비난이 아니라 실패에서 배우는 자세를 유지할 수 있다. 자신감만 있었던 나는 실패를 감정으로만 받아들였다. 감정이 흐르는 대로 내버려 두었고 감정의 원인에 대한 반성과 평가가 없었다. 감정에 휩싸여 시간을 낭비했고 자신을 홀대했다. 자신을 진심으로 바라보는 태도와 이해를 위한 자신과의 대화가 필요했다. 자신에 대한 이해를 바탕으로 한 선택은 최선이 될 것임을 알기 때문이다. 더 잘 할 수 있는 것이 있으면 앞으로 나아갈 수 있는 실천력을 줄 것이고, 어쩔 수 없는 실패에도 빠르게 회복하는 탄력성을 가지게 될 것이다. 자심감이 자존감이 되는 방법은 '나를 먼저 아는 것'임을 꼭 알려주고 싶다. 이젠 대답할 수 있을 것이다.

자신감이 없다고 자존감이 낮다고 생각하는가?

나는 모든 사람들에게 YES걸이었다

●

2003년이었는가? 배우 유오성씨가 광고한 CF가 생각난다.

모두가 예스라고 할 때 NO라고 얘기할 수 있고, 모두가 NO라고 할 때 YES라고 할 수 있다고 얘기를 한다. 모든 사람들이 뒷모습을 나타낼 때 유오성씨만 강한 인상으로 손가락을 하늘로 들어 보이는 CF였다. 그 장면은 내 인생에 있어 터닝 포인트 하는 계기가 되었다.

당시 나는 신입사원을 지나 베테랑이 되는 시기를 거치는 과정이었다. 컴퓨터 업무를 익히기 위해서 선배 언니를 괴롭히기를 자처했지만 그녀는 나에게 컴퓨터 다루는 기술을 알려주지 않았다. 돌파구를 찾기 위해 다른 지점에 있는 언니를 찾아 프로그램 문제를 해결했다. 지점 언니는 귀찮을 법도 했지만 친절히 가르쳐 주었다.

핸드폰 개통을 하는 업무라 정확하게 입력하는 것이 중요했다.

순간순간 터지는 문제를 해결해야 했고, 업무 지식을 배워야 했다. 핸드폰 대리점에서 요금제나 기계의 특성 등은 외우고 공부하지 않는 한 프로가 되기 어려웠다. 도매 업무를 하는 대리점이기에 팩스로 개통업무는 계속적으로 들어왔고, 개개인의 사장님들이 요구하는 사항들을 기록하고 해결해야 했다. 시간이 모자람에도 불구하고 탁상위의 달력에는 잊지 말아야 할 것들이 칸칸이 채워졌다. 잊어버리는 순간 돈이라는 대가를 치러야 하는 긴장된 업무들의 연속이었다. 밥이 코로 들어가는지 입으로 들어가는지 모르겠다는 말을 실감하던 시기였기에 긴장감은 배로 증가되었다.

"정 과장은 해 주는데 왜 안 해주는 거야! 정 과장 바꿔."

숨 쉬는 것을 제외하곤 직장에서 나는 전화기를 들고 있었고 컴퓨터로 신청서를 입력하기가 바빴다. 손가락 관절을 최대로 사용하는 상을 준다면 후보 1순위였다. 늦은 시간 전산이 다운될 때까지 입력을 했다. 혹 빠트린 건 없는지 전산에 메모를 하는 과정도 거쳤다. 한 달뒤 부가서비스나 요금제를 알아서 바꿔야 하는 걸 잊게 된다면 고객들의 민원이 발생하고 그 민원의 해결방법은 쓰린 돈의 지출이 필수코스였다. 도매 업무가 늘어나면서 민원도 늘어났고 고민도 늘어갔다. 센터에 있는 언니를 찾은 빈도도 늘어났고 아는 지식과 활용도는 대구에서 상위권에 들 정도가 되었다. 거래처 사장님들에게 잘 보여야 한다는 사장님의 지시로 중간관리자의 역할에 대해 생각했다. 직원들을 교육하고 민원이 발생하면 빠른 해결을 해야 하는 이른바 샌드위치의 메인 부분이었다. 민원을 줄이기 위해 전산 업무에 더 주력을 했다. 일처리 업무량이 늘어 몸과 마음이 지쳐가기 시작했다.

'이대로는 안 된다. 기준을 만들어 직원들에게 전파해야겠다.'

일정한 기준을 만들어 직원들을 교육시켰다. 직원들의 업무 속도나 정확성이 늘어나는 만큼 민원 처리에 할당할 수 있는 시간이 늘어나고 여유도 살짝 누릴 수 있게 되었다. 거래처 사장님들은 기존에 내가 해 주던 일을 판매하는 곳에서 직접 처리해야 한다고 직원들이 전달을 했다. 거래처 사장님의 항의가 거세지면 나에게 전화가 연결이 되었다. 사장님에게 양해를 구하지만 화가 많이 난 상태였기 때문에 결국은 내가 해야 할 일들이 되어 다시 달력에 채워지는 경우가 대부분이었다.

"모든 사람들이 YES라고 할 때 나는 NO라고 할 수 있어야 한다."

기준을 만든 이유가 무엇인가? 내가 편하고 직원들이 편하게 일을 하도록 만든 것이 아닌가? 그런데 그걸 만든 본인이 제대로 지키지 않고 있었다. 기준을 만들어 놓고 사장님들의 요구를 들어주는 YES 걸이 되어 나를 찾는 아들이 많으면 나의 가치도 높아지는 것으로 생각했다. 이리저리 불려 다닐 때 좀 더 베테랑 같이 보인다고 생각한 것이 직원들과 나를 힘들게 만들고 있었다. 너무 미안했다. 기준을 나부터 지켜야 한다고 생각했다.

"사장님, 이제 본인이 직접 해야 해요. 이번엔 사장님 요구로 한번만 센터에 요청해서 처리할게요. 담부턴 꼭 사장님이 처리 하셔야 해요!"

기준을 지키는 과정이 힘들었지만 힘든 만큼 NO라고 거절하는 방법도 다양해졌다. 미안했던 마음이 당연히 기준을 지켜야 한다는 생각으로 바뀌기 시작했다. 거래처 사장님과의 통화도 줄어들고 직원들이 나를 찾는 일도 줄어들었다. 서서히 기준이 지켜지면서 몸도 마음도 편안해졌다. 모든 일에 대해서 YES를 얘기 할 순 없다. YES라고 얘기하는 그 밑바닥에는 자신의 이미지가 좋은 이미지가 되길 간절히 바라고 가치가 높아진다는 남들의 기준에서 바라본 행동이었다. YES를 외칠 땐 나의 기준에서 행동하는 자세를 가져보도록 하자.

지인이 찾아왔다. 새로운 사업을 한다고 한 번 만나고 싶다고 한다. 가슴이 뛰기 시작한다. 혹여 보험이나 화장품 판매는 아닐까 하는 생각이 들기 때문이다. 그냥 알고 지내는 사이지만 나를 찾아올 때는 마음의 변화가 얼마나 심했을까 하는 생각이 든다. 그들이 전해주는 상품을 보고 있으면 마음속에선 필요 없다고 얘길 한다. 그들의 얼굴을 보면 싫다고 말할 준비를 하면서도

"네, 정말 좋네요."

라고 말을 해 버리게 된다. 'NO' 라고 거절하기가 어렵기 때문이다. 직장에 다닐 때 기준을 세워 생활하니 편한 감정 상태와 생활을 가질 수 있었던 경험이 있었지만 앞에 있는 지인을 보니 나를 얼마나 필요로 해서 연락하고 만나려고 애를 쓰는가 생각하게된다. 결국 그의 의도대로 결과는 이뤄진다. 그날 저녁 경제적 부담을 느끼면서 거절을 못한 나를 비판하면서도 지인에겐 아무 말 못하고 말았다. Yes라고 대답하는 습관을 바꿀 필요가 있었다. 지인의 목소리를 듣고 저러해야 한다는 마음의 소리는 크게 울렸지만 입에서 Yes가 나와 버렸다. 지나가고 난 뒤에 손 흔들어도 버스는 오지 않는 법. 나는 해지할 일이 생겼다. 바보처럼.

거절에 대한 습관은 배우고 익혀야 한다. 모든 사람들에게 좋은 이미지를 주기 위한 나를 만들 순 없다. 막상 거절을 해야 할 일이 생기면 행동을 못하는 것은 무엇 때문인지 깊은 생각을 하게 된다.

'거절을 하면 그 사람이 나를 어떻게 생각할까? 다시는 나를 만나지 않으려고 하는 건 아닐까? 거절을 해도 나는 그 사람을 볼 수 있

다? 경제적 부담이 덜하게 되니 다음번에 보기도 편한데……'

 거절에 대한 행동은 배우고 익혀야 한다. 모든 사람들에게 좋은 이미지를 주기 위한 나는 내가 아니다. 항상 Yes를 얘기 할 수 없기 때문이다. 거절을 해야 할 일이 생길 때 할 수 있는 습관을 만드는 방법을 익히기 시작했다.

 첫째, 생각을 지인이 아닌 나를 중심으로 생각하기로 했다. 지인이 나를 찾아준 고마움을 생각하며 지인의 입장에서 생각하니 거절을 못하는 경우가 많았다. '나' 중심의 생각은 필요 유무에 따라 선택의 유무도 결정 할 수 있기 때문이다.

 둘째, 거절하는 법을 미리 연습하고 준비했다. 거절에도 단칼에 잘라 하는 법도 있고, 부드럽게 하는 법도 있다. 말에 따라서 받는 이의 상처나 무안함이 덜해 지도록 하는 표현법을 미리 준비하고 익히도록 노력했다.

 "화장품이 정말 좋네. 피부 트러블이 강한 편이라 현재 쓰고 있는 화장품을 써야만 해. 좋은 화장품이라는 걸 알았으니 혹 필요한 사람이 있으면 적극 홍보할게."

 셋째, 사람 관계에 대해서 다시 생각했다. 내 삶에서 항상 함께 하고 싶고 관계를 유지하고 싶은 사람이라면 만남의 기회를 가지지만, 아니라면 만남 자체를 하지 않는다는 기준을 세웠다.

'나'에 대한 생각이 깊어질수록 조금씩 사람과의 관계에도 자신이 서게 되었다. 'NO'라고 얘기하는 건 자신에 대한 신념을 확고하게 만들어 주는 행동이다. 자신을 사랑하는 한 방법이 되고 타인에 대한 존중도 포함한다는 것을 기억하길 바란다.

'거절 할 수 있는 용기'는 자신을 사랑하는 한 방법임을 잊지 말길.

죄책감이 결정적 원인이다

●

　자신이 잘못한 일에 대하여 책임을 느끼는 정서적 태도를 죄책
감이라고 한다.

　무슨 일을 의식적으로 무의식적으로 행한 것에 대한 결과는 항상
마음에 머무른다. 그 결과로 인해 누군가가 다치거나 내 삶의 가치에
반한다면 뜨거운 냄비 뚜껑에 손을 얹어놓고 사는 것과 동일한 위험
을 안겨준다. 정서적 갈등을 일으키는 주요 원인이 될 수 있다.

　"아들! 이리 와봐."

　술을 한잔 하다 말고 놀고 있는 아들을 부른다. 아들의 손을 잡고서
는 이리저리 훑어본다. 아이가 4살 정도였을 때 남편은 인두기로 자
동차용품을 만들고 있었다. 얼마나 신중하게 하는지 옆에서 보고 있

는 아이를 생각도 못한 모양이었다. 손을 뒤로 빼다 그만 아이의 엄지 손가락 시작부분에 화상을 입혔다. 빠르게 손에서 은색 인두 액을 떼어냈지만 화상자국은 선명했고 놀란 아이는 자지러졌다. 깜짝 놀라 쳐다보니 남편은 화상 약을 바르고 있었다. 얼굴에 퍼져 있는 놀라움과 두려움은 바라보는 나에게도 느껴질 정도였다. 그 일이 가끔씩 생각이 나는지 오늘은 아들의 손을 꼭 잡고 살펴보고 있었다.

"아빠가 네 손을 아프게 한 거 기억하니?"

아이가 아파하는 모습이 아직도 생생하다며 미안하고 미안하다고 했다. 자신도 많이 놀랐다고 얘기하는 남편의 음성은 고해 성사하는 것 같은 느낌이 들었다. 아이의 손등은 이미 그 자국이 희미해져 가고 있었다. 시간의 흐름이라는 반창고가 상처를 잘 마무리하고 있었다. 아주 빠른 긴급조치의 덕도 포함이 되어 있다고 생각한다.

자신의 부주의로 아이가 아팠고 상처가 생겼다는 죄책감은 흔히 가질 수 있는 감정이다. 아이를 볼 때마다 사건 시간 속으로 들어가 아픈 감정을 곱씹는다면 아이에 대한 아빠의 역할을 제대로 할 수 없다. 미안한 마음에 아이의 모든 일에 대해 너그러워지고 기준을 세운 양육을 할 수 없다면 어떻게 될까? 아이는 어른에 대한 무조건적인 허용으로 어른들을 막 대해도 된다는 생각을 가질 수 있다. 기준이 없는 행동에 대해 혼란스러울 수도 있다. 아이에 대한 죄책감이 오히려 아이가 올바르게 성장하는데 방해가 될 수도 있다는 사실을 알아야 한

자신감이 자존감인줄 알았다

다.

죄책감을 아이를 제대로 사랑하는 방법의 원동력으로 바꾸면 된다. 사건에 대한 원인을 방지함으로써 '조심성 있는 아빠'가 될 수도 있다. 사건의 아픈 기억이 떠오르면 아이와 함께 하면서 갖는 행복한 시간들로 채우면 된다. 생각할 좋은 추억들이 많다는 감정이 또 다른 추억을 만들고 싶은 마음이 생기게 할 것이다. 그 마음을 일으키는 것은 죄책감이 결정적 원인으로 작용한 긍정의 효과가 된다.

"막내아들은 우리랑 같이 살 때 이런 일이 없었는데 어쩌다 이런 일이 일어났지?"

시아버지는 남편이랑 내가 있는 자리에서 이런 말을 하셨다. 빚으로 전세를 얻고 결혼을 시작한 우리는 빨리 일어서고자 하는 나의 강한 바람으로 사업을 했었다. 사업도 빚으로 시작을 했고 성공에 대한 바람은 바람이었다. 결과는 빚의 화려한 쇼로 끝이 났다. 빚을 빨리 갚고자 주식도 했다. 조급함은 항상 결과를 올바르게 보여주지 못한다. 처참한 실패였다. 빚을 떠나 신용에도 문제가 생겼다. 막내아들은 아무 일이 없다. 다 내 이름이니까. 시아버지는 아들의 생활이 넉넉하지 못하고 맘고생을 하게 되겠다는 생각이 들었는지 상당히 속상해하셨다. 마음에 생채기를 내는 말을 거침없이 하신 걸 보니 감정의 상태가 가늠이 되었다. 혼자 잘 살아보고자 한 행동이 아니지만 결과의 비참한 참패로 내 마음과 정신은 바짝 말라버린 명태가 되어 입으로 숨만 쉬고 있었다. 죄책감은 나의 행동과 마음을 올가미에 걸어 둔 것임을 알게 되었다.

"찌꺼기 갖고 가면 된다."

명절날 세 동서들이 있는 곳에서 어머닌 갈 준비를 하는 큰 형님을 보며 대답했다. 큰 형님이 막내 동서는 뭘 갖고 가냐는 물음에 대한 대답으로 어머니는 '찌꺼기'를 얘기했다. 울컥 눈물이 흐를 뻔 했다. 간신히 참기 위해 눈에 뭐가 들어간 것처럼 연기를 하느라 진땀을 했다. 어머닌 큰 형님 마음 편하라고 하신 말인데 아무리 내가 편해도 이건 아니었다. 마음과는 달리 아무런 말을 할 수 없었다. 그저 속으로 서럽게 울고 있었다. 막내아들의 삶을 힘들게 만든 죄인이니까.

'왜 이리도 못난 사람이 되었을까? 사업 실패로 경제적 어려움이 생겼다고 죄책감을 느끼며 시댁을 찾아야 할까? 마음 한 구석에선 혼자만 잘 살겠다고 한 것도 아니라는 것을 명백히 안다. 결과가 나쁘다고 내가 항상 이렇게 죄인처럼 살아야 하는가? 내 가정을 흔들 뻔 했지만 이 경험이 앞으로 큰 열정이 되면 되지 않을까?'

자신감이 자존감인줄 알았다

끊임없이 흐르는 눈물 속에 내 마음은 답을 찾고 있었다. '감정' 이 흐르는 대로 놔두면 내 인생이 무너져 내릴 것 같았다. 큰 수업료 내고 좋은 경험을 했다고 생각하기로 했다. 지나간 시간에 매여서 현재를 사는 나를 힘들게 하는 것은 수업료보다 더 귀한 시간을 버리고 있다는 것을 알았기 때문이다. 죄책감의 원인인 사업의 실패를 다시 고민해봤다. 실패의 이유는 돈이 없어서라고 단정 지었었다. 경험이 부족하고 준비가 부족하고 남에게 보여주기 위해 좀 더 크게 좀 더 치장을 하려고 한 숨겨진 마음이 있었다는 것을 알게 되었다. 가려져 있던 부분을 찾고 나니 마음이 편안해졌다. 나로 인한 결과임을 알면서 나를 향한 질책의 마음은 오히려 사라졌다. 흐르는 시간이 아까웠고 지금 내가 할 수 있는 일들을 찾기 시작했다. 시댁에 갈 때 얼어붙은 마음을 내가 하고 있는 일들에 대한 자신감으로 녹이기 시작했다. 또 다른 부모님이 계신 집이라는 생각도 들었다. 생각에 따라 죄책감은 간단히 치유를 시작할 수 있었다. 서서히.

자신이 죄책감의 어디에 집중을 하느냐에 따라 모든 것들이 재배열된다. 죄책감이 일어난 결과와 감정만 집중을 하면 부정적인 감정에 매이게 된다. 부정적인 것만 쳐다보는 마음은 부정적인 것만 받아들이기 때문에 삶은 더 이상 내 것이 아닌 고통과 시련의 것이 된다. 죄책감을 가지게 된 원인을 분석하고 그것으로부터 배울 수 있는 것을 받아들이며 '나' 를 생각하게 된다. '나' 에게 필요한 것은 죄책감에 의해 허비되는 시간이 아니라 내가 할 수 있는 일들을 바라보게 되고 그 것에 집중하는 마음을 챙기면 된다. 자심감이 생기고 나를 향한 이해 의 폭도 커지게 된다.

죄책감은 더 이상 나의 것이 아니다. 죄책감으로 인해 더 생각할 수 있는 시간을 가지게 되고, 더 집중할 수 있는 마음을 가지게 해주는 이정표이다. 이정표를 보고 긍정적으로 나아가고자 시작한다면 삶은 충분히 내 것이 되어 행복과 감사함을 줄 것이라 믿는다.

자신감이 자존감인줄 알았다

지금 당장 자존감 공부를 시작하라

자존감을 검색하면 자신 내부의 성숙된 사고와 가치에 의해 얻어지는 개인의 의식이라고 정의되어 있다. 살면서 자존감은 내 자신에 대한 이해라는 것을 알게 되었다. 자신이 무엇을 원하는지를 알고 그 원인을 이해하는 정도가 깊을수록 삶에 대한 적극성이 강해졌다. 자존감을 가진 삶이 주는 행복은 상당히 매력적으로 느껴졌다.

아침을 맞이하는 전화기의 알람은 '또 시작이구나!'를 곱씹으며 일어나게 한다. 지친 몸으로 일어나 무엇을 해야 할지 생각도 없이 주어진 일을 시작한다. 시간에 따라서 행해지는 일들에 의미를 부여하는 일은 없다. 살아가는 대로 살면 되는 것이었다. 하루, 이틀, 삼일, …, 시간이 길어질수록 이런 삶은 나를 무디게 황폐하게 만들었다. 습관적인 몸의 동작들이 빠르게 연결될 뿐이었다. 청소를 하다 오래된 다이어리를 발견했다. 20대의 나의 얘기가 적혀있었다.

'돈을 많이 벌어 청년창업의 기반이 되는 나눠주는 삶을 살고 싶어요.'

지나간 일들이 적혀 있는 다이어리를 보며 '사람'을 생각하게 되었다. 꿈이 있었고 열정이 있었다. 삶을 진지하게 받아들이며 고민하는 나를 만날 수 있었다. 주마등처럼 지난 몇 년을 되돌아보게 되었다. 삶이 힘들어서 이런 삶을 사는 게 아니라 이런 삶을 그냥 선택하면서 힘이 들었다는 생각이 들었다. '나'를 잊어버리고 흐르는 대로 살았던 것이다.

몇 년 치의 다이어리를 읽으면서 '나'를 공부하기 시작했다. 잘하는 것, 좋아서 할 수 있는 것을 구분하기 시작했다. 가장 행복했던 순간과 다시 되돌아가고 싶은 시간을 생각했다. '나'에 대해 알기 시작하면서 다른 이들의 삶에 대해서도 궁금하기 시작했다. 다른 이들의 삶이 궁금해서 독서를 시작하게 되었다. 르네 데카르트의 말처럼 독서는 과거 몇 세기의 가장 훌륭한 사람들과 이야기를 나누는 것과 같은 즐거움을 안겨 주었다. 독서를 통해 만난 이들은 자신을 믿었다. 주변의 환경이 어려워질수록 자신에 대한 믿음, '자존감'을 강화시키며 하고자 하는 일, 살고자 하는 방향으로 나아갔다. '나'에 대한 공부와 자존감을 향상시키기 위해 치열한 독서를 했다. 수업 준비를 위한 공부를 하면서 피곤하거나 답답한 생각이 들면 잠깐의 시간을 이용해 책을 읽었다. 책속의 글자를 정중하게 읽으며 생각하는 시간은 아주 큰 힐링이 되었다.

'나는 힘들어서 포기했을 일을 그들은 다른 시각으로 보면서 이뤄 내다니!'

순간순간 다른 이들의 생각에서 얻어지는 놀라움과 긍정의 기운은 나를 변하게 했고 실제로 변했다.

최근의 일이다. 십수 년 만에 걸려온 친구의 전화를 받고 약속을 정했다. 혼자 있을 아들 생각에 오후 일찍 만났다. 친구를 만난 다는 기쁨의 감정이 좋았고 지난 세월에 대한 회상과 수다는 시간을 집어 삼켰다. 자정을 넘어 갈 것 같은 예감이 들었다.

"우리 오늘은 여기까지 하자. 다음에 보고 얘기를 이어가는 게 좋겠어."

친구의 얘기가 클라이맥스에 오르는 것을 보고 발을 동동거리며 말 못했을 내가 이제는 시간을 생각하며 '나' 자신의 후회를 늘리지 않기 위해 표현을 하기 시작했다. 자존감에 대한 공부는 '나'를 위한 생각을 우선순위로 하고 행동을 하게 했다. 자존감은 생활이나 나의 행동과 말에서 좋은 점을 기억하고 더 좋은 방법이 있으면 수정하며 실행하는 시스템적 습관을 만들었다 선순환의 고리로 점점 삶의 기쁨을 채우게 된 것이다.

'지금 당장 자존감 공부를 시작하자.'

허름하고 싼 옷을 철마다 사는 인생이라 40평대 50평대 집을 보며 의리하다 좋다고 생각하며 이내 포기하는 친구가 있었다. 가져보겠다는 꿈보다는 빠른 포기를 당연시 하는 자신이 무척이나 싫다고 했다. 자식을 낳아서 고생만 시키는 것 아니냐며 자신이 부모인 것이 미안하다고 구구절절 하소연 하는 친구를 봤다. 자신에 대한 비난과 처지를 부정적으로 보는 친구에게 변하기 전의 내 모습이 보였다. 자신을 향한 비난이 아닌 '자신에 대한 이해'를 위한 공부가 필요하다고 얘기를 했다. 부정적인 생각은 부정적인 행동을 하게 되고 부정적인 결과에 다시 부정적인 생각을 하는 시스템적 습관이 생기게 된다고 얘기를 했다.

"넌 청소를 유난히 잘 하는 것 같아."

친구에게 부정적인 마음과 생각을 바꾸기 위해 잘하는 일을 같이 찾아보자고 했다. 유난히 청소를 꼼꼼히 시원하게 잘하는 장점이 있었다. 그녀의 손길이 지나가면 윤기가 나는 것이 마술을 부리는 것 같았다. 그녀는 청소를 잘한다는 것을 알게 되면서 표정과 생활이 밝아졌다. 청소일도 시작했다는 그녀의 말속에서 정말 생동감이 전해졌다. 그녀를 보면서 우리는 얼마나 자신에 대한 생각들을 집중적으로 하지 않는지, 집중적으로 생각할 때의 방향성도 긍정적인 것보다는 부정적인 것을 더 많이 한다는 것을 알 수 있었다. 긍정적인 것에 물드는 것보다 부정적인 것에 더 빨리 물들 수 있다는 것이다.

'자존감 공부는 나를 위한 것만은 아니다.'

그녀나 나의 얘기에서 자존감에 대한 인식과 함께 공부를 한 이유는 자신의 삶을 자기중심적으로 살고자 하는 마음이 작용했기 때문이다. 자신에 대한 생각이 긍정적으로 되면서 삶을 행복으로 채우고 싶은 마음이 강하게 작용했다. 그 마음은 자신에 대한 이해와 자신을 사랑하고자 하는 마음이다. 이것이 바로 '자존감' 이다. 자존감은 나의 삶을 행복으로 이끌어주는 좋은 동기가 되며 나로 인해 내 주변에 미치는 영향도 크다. 나의 생각이 가족에게 전해지면 가족들 생각 또한 긍정적으로 바뀌기 시작했다. 친구의 가정도 친구의 생활 속 밝은 방향이 아들이나 남편의 얼굴을 환하게 만들어 웃는 얼굴을 자주 보게 된다. 자존감 공부는 나를 위한 것만은 아니다.

자존감은 삶의 방식을 바꿀 수 있는 좋은 감정이다. 내가 지금 하고 있는 모습 그대로를 받아들이고 자신이 나아가는 방향을 잡기 위해선 지금 당장 자존감 공부를 시작하자. 낮은 자존감으로 실패에 대한 악순환적 시스템이 아닌 긍정적인 선순환적 시스템으로 어려운 일에서도 자신을 믿으며 나아갈 수 있는 공부를 하자. 내 삶이 어제보다 더 나은 오늘이 될 것임을 믿으며.

거울을 제대로 마주보는 연습

●

수업이 끝난 학생들은 세면대에서 이리저리 쳐다보며 얘기를 한다.

"얼굴 여기 좀 봐. 뭐가 낫나봐."

거울에 밀착이라도 할 듯 가까이 다가가며 자신과 친구가 가리키는 곳을 뚫어져라 쳐다보고 있다.

"거울 너무 좋아하는 거 아냐?"

넌지시 던진 질문에 '거울공주'라며 깔깔 거린다. 머리도 만지고 옷맵시도 단정히 한다. 거울은 학생들의 재미난 놀이기구 같다.

'거울'

나에게 친숙하지 않는 생활도구이다. 양치질을 하며 세면대 앞에

서 있으면 정면을 보는 건 잠깐 눈은 세면대 구멍으로 향한다. 세면대
에서 뭐가 나오지 않을까? 물은 이렇게 돌아서 나가는구나! 관찰을
하면서 보는 것이 더 편하기 때문이다. 거울을 보고 있으면 내 마음을
꿰뚫는 X-ray를 실행 하는 것 같아 두렵다. 일을 하면서 스트레스로
얻어 걸친 20kg의 살들과 보기에도 푸석푸석할 만큼의 생기가 사라
진 얼굴을 보면 괜히 우울해진다. 내가 바란 모습은 이런 게 아니었
다. 늘 삶을 활기찬 에너지로 가득 채우는 모습이었다. 현재의 모습을
가지고 사는 자신이 어색하고 자신이 없어 한 달에 두세 번 나가는 것
으로도 만족하는 삶을 살고 있다.

'거울자아이론' 이라는 것이 있다. 거울 속 자신을 보는 것처럼 다른
사람들이 나를 볼 때 비춰지는 모습이나 기대하고 있는 모습에 대해
서 일부를 받아들여 자아를 형성해 가는 것을 말한다. 나에게 프로 같
은 모습에 열정적인 마음으로 삶을 돌진하는 모습을 기대하는 사람들
이 떠올랐다. 기대하는 모습이 비춰지지 않는 거울을 보면서 오히려
부정적인 모습만을 머리에 새기며 마음의 짐을 늘리는 것 같았다. 스
스로도 바라볼 수 없는 자신을 보며 산다는 건 얼마나 힘든 일인가?
거울은 더 이상 나를 변화시켜 줄 수 없는 도구였다. 거울을 더더욱
필요로 하지 않는 이유였다.

'매일 바라보는 거울을 즐겁게 사용하는 학생들과 나는 무엇이 다
를까?'

자신감이 자존감인줄 알았다

거울 앞에서 물끄러미 쳐다봤다. 직설적인 표현을 생활화하며 자신에 대한 관심이 많은 아이들이었다. 무엇보다 자신에 대한 관심이 지속적이었다. 나에 대해 관심보다는 무관심으로 대응하며 거울을 직면할 용기가 없는 나 자신이 거울 앞에 서 있었다. 생각한 모습과 너무나 다른 모습을 바라보고 있다는 것이 나를 더욱 비참하게 만들었다. 기대하는 모습을 만들기 위해선 꾸준한 노력이 필요하다는 것을 알기 때문이다. 그 노력을 게으름과의 전쟁에서 늘 지게 하는 나의 반복적인 힘이 그 자리에 서 있음을 감지할 수 있었다. 나에 대한 의무를 더 이상 지체할 수 없었다. 거울 앞으로 한 발짝 다가섰다.

'넌 어떤 모습이길 원하니?'

거울 속엔 닮고 싶고 꿈꾸던 모습의 내가 있었다. 거울속의 나는 조용히 고개를 끄덕였다. 너무나 당당하고 멋있는 모습이었다. 가슴이 뛰기 시작했다. 할 수 있다 해야 한다는 생각이 내 온몸으로 퍼져나갔다. 바뀌기 시작했다. 바꾸고 있었다. 노력하고 있었다. 거울을 우선 환하게 닦기 시작했다. 뿌연 공간이 많던 부분이 환하게 빛나기 시작했다. 화장품들을 챙기면서 부스스한 얼굴을 관리하기 시작했고, 부어오른 살만큼 빼기 위한 작업들을 준비했다. 몸에 쌓여 있는 노폐물을 빼내기 위해 야채 주스도 만들어 먹기 시작했고 정말 좋아하지 않은 운동은 집에서라도 조금 더 움직이는 것으로 대체 하면서 어제보다는 오늘 더 노력하는 것을 느끼도록 진행해 나갔다. 작심삼일이라고 하다가 포기를 해도 다시 시작했다. 3일이라도 도전하고 또 시작하다보면 결과는 얻을 수 있다는 믿음이 있었기 때문이다.

"어머나, 민이 얼굴이 생기가 좀 도네!"

늘 나이는 얼마 안 먹은 사람이 얼굴이 푸석하다고 힘이 없다고 얘기하던 이모였다. 얼굴빛이 달라 보인다는 말에 힘이 실렸다. 이대로 계속 해 나가면 뭐라도 된다는 믿음이 가슴과 머리에 노래하고 있었다. 하루를 보내면서 하기 싫다는 결정보다는 그래 한번 해보자라는 긍정의 마인드도 생겨나기 시작했다. 참 신기하게도 거울을 보는 것만으로 나의 삶은 생동감이 지배하기 시작한 것이다.

비맨의 거울자아 이야기라는 실험이 있다. 할로윈 축제 기간에 363명의 어린이들에게 실험에 참여한다는 사실을 얘기하지 않고 실행했다. 사전에 정해진 18개의 집에 가서 사탕바구니에서 사탕을 '1개만' 집어가도록 설명을 했다. 한 집단은 거울이 있는 사탕바구니로 이루어져 있고, 다른 한 집단은 사탕바구니만 있었다. 결과는 거울이 '있는' 경우에 속한 집단에서 사탕을 1개보다 더 많이 가져간 아이의 비율은 14.4%였고, 거울이 '없는' 경우는 사탕을 1개보다 더 가져간 아이가 28.5%나 되었다. 이 결과는 거울이라는 매개체가 자신의 행동을 보여주고 의식적으로 행동을 하게 한다는 것이었다. 비맨의 실험 결과와 같이 거울을 바라보며 내가 원하는 모습을 의식적으로 보여주고 행동하고 다시 확인하는 것들을 반복하면서 나는 조금씩 긍정적으로 나아가기 시작했던 것이다.

나의 행동과 마음을 보여주는 거울을 보기 시작하면서 제일 먼저 달라진 것은 나에 대한 겉모습이었다. 화사한 얼굴과 몸매가 주된 관심이 되었다. 화장품도 하나씩 늘려나가고 몸매를 관리하기 위해 배고픈 저녁을 보내기도 했다. 무엇보다 몸매를 줄이기 위한 여러 정보들을 흘려보내지 않고 다시 한 번 챙겨보게 되었다. 푹 처진 관심과 마음들이 이제는 생기 있게 내가 필요하거나 필요할지도 모른다는 것들을 유심히 관찰하고 저장하고 있는 자세를 가지고 행동하고 있는 것이다.

'멋진 여성은 자신이 하고 싶은 일을 하는 거야.'

거울 앞에 서서 조금씩 변하는 내 모습을 보는 순간 마음속에 울림이 들려왔다. 정말 하고 싶은 일을 해야 한다는 건 거울 속에서 늘 비춰보는 나의 미래였던 것이다. 글을 쓰기 위해 독서를 치열하게 하기 시작했고 '한책협'을 찾아가 작가가 되는 행동도 망설임 없이 하게 되었다. 외형이 아닌 내면까지 바꾸고자 하는 마음이 행동으로 나타난 결과였다. 삶에 자신감이 붙으면서 더욱 가속화되는 것을 느낀다. 좋은 쪽으로 모든 시선을 돌리게 되고 나쁜 일이 일어나도 그것을 바로 털고 일어날 수 있는 일들이 일어나고 있다.

'거울을 자주 보자.'

　조그마한 손거울을 준비하면서 다짐했다. 자신감에 찬 내 모습을 보며 이젠 내 마음속의 나를 만나는 것도 빈번하다. 거울 속에 비치던 내가 원하는 모습은 내 마음속의 나였다는 것을 알게 되었기 때문이다. 내 안의 나는 '자존감'이자 지녀야 할 마음가짐이다. 거울을 자주 들여다보면서 나와 친숙한 생활을 꾸준히 해 나갈 것이다. 하루 5번 이상 내 모습을 보며 나에 대한 믿음과 자신감으로 적극적으로 살아갈 것이다.

부정적 감정의 사슬 끊어내기

감정이 없는 삶을 살면 얼마나 밋밋할까? 감정은 느끼는 것이며 생각을 표현하는 방법 중의 하나이다. 감정이 우리 생활에 미치는 영향은 4차선 교차로에서 어디로 갈지를 정하는데 상당한 역할을 한다. 하루 종일 바쁜 일정을 소화하며 피곤함을 느낀다면 집으로 향한다. 아무 생각 없이 어디든 가고 싶다는 생각을 한다면 우회전을 하거나 초록 신호가 왔다면 바로 직진을 할 것이다. 이처럼 감정은 나의 행동에 영향을 준다는 것을 알 수 있다. 감정과 함께 하는 삶 속에서 좋은 감정과 부정적 감정을 선택할 수 있다면 더 행복할 것 같다.

"예? 엄마가 교통사고를 당했다고요? "

아빠의 전화에 놀랐다. 수업을 하고 있다가 전화를 받아서인지 마음이 더 떨렸다. 걱정이 쓰나미처럼 밀려들기 시작했다. 엄마의 상태를 정확히 알 수 없으니 불안하고 두려웠다. 엄마는 신호등에 서 있었고 차 한대가 그냥 돌진하여 엄마를 쳤다. 붕 떠서 떨어지며 머리를 다쳤다고 한다. 아찔했다. 눈앞이 캄캄하다는 말이 실감났다. 아빠도 병원으로 가고 있다고 했다. 엄마는 병원응급실에 있었고, CT촬영을 한 상태라고 했다. 모든 상황들이 '나' 를 제외하고 급하게 돌아가는 것 같았다. 아이스크림에 꽂아놓은 빨대처럼 아무 쓸모없는 느낌이었다.

"CT로는 이상이 없는데 MRI를 찍어 보는 게 좋을 것도 같아. 어머님이 그냥 집으로 가신다고 그러네. 경과를 두고 봐야 하는데……"

병원에 있는 친구가 전화로 나에게 알려 주었다. 엄마는 MRI도 찍지 않고 머리는 혹이 나 있는 상태로 집으로 갔다고 한다. 엄마는 제정신인가? 어떤 일이 일어날지도 모르는데 집이 편하다고 가냐며 얘기를 했지만 아빠도 엄마의 의견에 찬성을 하셨다. 전화로만 얘기하는 내 자신이 싫어서 그냥 전화를 끊어 버렸다.

'차 사고가 났는데 경과도 안 보고 자다가 큰일 나면 어쩌지? 혹 내일이라도 병원에 다시 가서 진단을 받아야 하지 않을까? MRI를 찍어서 확실히 해야 하지 않을까?'

몸은 지금 일을 하고 있고 마음은 벌써 내일을 향하고 있었다. 엄마의 상태를 못 봤기에 친구의 얘기도 다 지나쳐 버린듯했다. 몸과 마음이 분리되어 찢어지는 고통이 밀려왔다.

'엄마가 집에서 쉰다고 했는데 갑자기 아파서 병원에 가지는 않을까? 자다가 아빠는 엄마의 아픈 증상을 인지하지 못해 혹시나 엄마가 ......?

엄마가 잘못 된다는 생각에 이르니 가슴이 막혔다. 이 하늘아래 엄마가 없는 삶을 이제껏 생각해 보지 않았다. 맏딸이지만 엄마의 마음보다는 내 마음의 감정에 충실해 엄마에게 상처를 주기도 하고, 아플 때는 제일 먼저 찾게 되는 우리 엄마가 없다는 상상은 두려움을 가득 안고 다이빙하는 느낌이었다. 사고가 났는데도 달려가지 않고 일을 하고 있는 자신이 혐오스러웠다. 너무나 소중하고 사랑하는 엄마가 아픈데 무엇이 우선인지 모르는 나는 참 못난 자식이다. 생각의 파도는 거세게 들이닥쳤다. 불효를 하는 엄마인 나를 보고 아들은 어떤 생각을 할까? 아들은 나를 보기 싫어하고 늙었을 때 버리는 건 아닐까? 당연히 할머니한테 하는 엄마를 본다면 그럴 수 있지 않을까? 감정이 격해지기 시작했다. 수업을 마치고 엄마에게 갈 수 없었다. 엄마를 보면 미안하고 두려웠기 때문이다.

"엄마, 괜찮겠어? 조금이라도 아프면 아빠랑 바로 병원 가야돼. 아님 나한테 바로 전화해."

많이 놀랐을 엄마를 위로하는 말을 하고 싶었지만 울어버릴 것 같아 짧게 통화를 했다. 엄마는 지금 많이 놀란 상태였고 머리에 혹이 나서인지 어지럽다고 얘기를 했다. 교통사고에 대한 검색을 했다. 휴

우중과 함께 여러 사례들이 나왔다. 읽으면 읽을수록 '앞서 나가는 나의 생각'과 '부정적인 것들만 마음에 새기는 나'를 느낄 수 있었다. '현재'에 내가 할 수 있는 일을 찾아봤다. 환자의 마음을 안정시키는 것과 경과를 자세히 지켜보면서 빨리 행동할 수 있는 약간의 긴장을 가지는 것이었다. 일어난 일은 어쩔 수 없는 것이었고, 오늘 이후의 일은 알 수 없는 것이다. 늦은 밤이라 전화를 할 순 없었다. 보낼 수 없는 편지로 마음을 달래기로 했다.

'엄마 많이 놀랐지? 나도 너무 놀랐는데 엄마는 상상도 못할 정도였을 거야. 병원이 싫어서 일찍 나왔으니 내일부터는 마음을 안정시키기 위한 노력도 하고 머리에 난 혹도 작게 할 수 있는 편한 방법을 찾아보도록 하자. 엄마 몸은 엄마만의 것이 아닌 거 알지? 사랑해.'

엄마는 한의원 치료를 매일 받으며 몸에 난 아픔들을 치료했고, 놀란 가슴은 약으로 달래며 회복을 했다. 감사하고 행복했다. 그 일 이후로 횡단보도에 서면 나는 양쪽 차부터 쳐다본다. 혹여나 횡단보도 위로 튀어 오를 차가 없는지 확인을 한다. 알 수 없는 두려움이 횡단보도에선 생겼다. 늘 조심하는 엄마도 다쳤는데 나에게도 그 일이 바로 일어날 것 같았다. 횡단보도에서 다시 두리번거리며 확인을 했다.

감정을 받아들이는 건 능동적이라 생각했다. 횡단보도에서 일어난 사건으로 인해 나를 짓누르는 감정은 그 장소에서 살아난다. 차가 갑자기 튀어 나오지 않을까? 신호가 바뀌었는데 나를 보지 못하고 돌진하진 않을까? 줄줄이 엮어지며 나오는 생각들에 횡단보도는 교무실에 끌려가는 지각생처럼 가슴을 두근거리게 했고 몸을 굳게 만들었다. 횡단보도를 어느 정도 지나가면 잊어버린다. 장소에 따른 감정의 변화를 발견하면서 감정도 선택이라는 생각을 하게 된다. 엄마의 교통사고로 주체할 수 없는 부정적 감정들이 터져 나와서 내 몸과 마음은 마비가 되는 것이 아닌가 할 정도로 일어나지 않은 일들을 나열했다. 일어나지 않은 일들을 나열하며 나의 모든 에너지를 소진하는 것 같았다.

'정신 차려. 444! 444!'

'현재'에 집중하려고 정신을 모았다. 나에 대해 집중하면서 필요한 것은 부정적 생각이 아니라 긍정적인 생각이라 다독였다. 부정적인 생각이 떠오르면 '444'라고 얘기했다. 내가 너무나 좋아하는 숫자로 부정적 감정을 끊어내는 방법으로 만든 것이다. 엄마의 교통사고 이후 많이 쓰게 된 주문이다.

부정적 감정들은 우리의 선택도 중요하지만 그것을 끌어당기는 고질적인 습관도 한몫을 한다. 걱정을 사서 한다는 사람들을 보면 더욱 쉽게 알 수 있다. 여행가는 날 아침 자신이 탄 운송수단이 사고를 당하진 않을까 미리 두려워하고 음식을 먹고 탈이 나서 자신은 홀로 남겨지지 않을까, 새로운 사업을 시작하는 사람들이 이번엔 망하면 어떻게 될까 등 그들의 생각은 전부 부정적인 감정들로 채워진다. 부정적인 감정으로는 삶을 제대로 살 수 없다. 부정적인 감정들은 부정적인 것에만 초점을 맞추기 때문에 긍정적인 결과가 와도 바로 부정적인 감정으로 대체해 버리는 습관을 실행해 버린다. 부정적인 감정의 사슬을 끊어내야 한다.

가장 잘 사용하는 방법을 소개하면 다음과 같다.

첫째, 자신만의 주문을 만들어 반복해서 사용해라.

둘째, 부정적 감정이 자신을 침범할 때 가벼운 스트레칭을 해라. 몸을 사용함으로써 생각을 잠시 쉬게 하는 것도 하나의 방법이기 때문이다.

셋째, 조용한 곳에서 명상을 해라. 마음을 편안하게 하면서 좋은 생각을 하면 부정적 감정을 다스리기 좋을 것이다. 돈벼락을 맞는다는 우스운 생각이나 사랑하는 사람과의 여행, 간절히 바라는 물건이나 장소들을 생각해 보는 것으로 감정을 다스리면 된다.

넷째, '현재' 내가 집중할 수 있는 일을 하자. 부정적 감정을 끊어낼 수 있는 강력한 도끼가 되어 줄 것이다. 청소를 한다거나 밀린 일들을 처리하는 등 자신의 온 힘을 다 사용할 수 있는 일들을 찾아 직접 하는 것은 부정적 감정을 싹둑 자를 수 있을 것이다.

부정적 감정은 나를 기운 빠지게 하고 내 마음을 힘들게 하는 원인이라는 것을 잊지 말고 현명하게 대처하는 방법을 익혀 편안한 하루 행복한 하루를 맞이하길 바란다.

자존감이 전부다

●

SNS의 알람벨이 울린다.

여행을 떠난 친구의 행복한 모습과 맛있는 음식들이 페이지마다 장식이 되어 있다. 여행지도 멋지고 눈을 끌지만 친구의 모습에서 느껴지는 행복함이 나의 시선을 사로잡는다.

"사람팔자 뭐있니? 즐겁게 살다 가면 되지!"

친구의 얘기에 살짝 놀라면서도 마음은 수긍을 한다. 부럽다는 댓글에 친구가 답을 했다. 현재를 즐기면서 사는 그녀의 모습이 행복한 이유였다. 결혼보다는 일을 선택하고 SNS의 여러 나라 친구들과 연락하며 지내는 그녀의 인생은 매우 거대해 보였고 빛이 났다.

"친구야 뭐해?"

늦은 밤 걸려온 전화는 몇 시간을 이어갔다. 늘 바쁘고 행복한 일들로 가득 찬 그녀에게서 짙은 외로움과 고충을 들었다. 아이러니했다. '풍요속의 빈곤' 이라는 말이 제격이었다. 넓디 넓은 친구들과의 교류에도 정작 자신의 마음을 터놓고 지내는 친구가 없어 상담센터를 이용했다는 얘기는 시린 이에 어름을 깨 먹는 것처럼 충격이었다. 보여지는 것이 다가 아니고 속도 같이 살펴봐야 하는 것이 삶의 본질이라는 생각이 들었다. 나 아닌 다른 이들의 삶을 보이는 대로가 아닌 한 번쯤 재조명 해봐야 한다는 생각이 들기 시작했다.

고등학교 시절 같은 층의 친구들과 거의 친하게 지내며 혼자일때가 거의 없었다. 두루두루 친하다는 것이 나에겐 큰 소명이었다. 그러나 전화 온 친구처럼 누군가 필요할 때 같은 학교 친구들 중엔 아무도 없었다. 당시 대구시내 연합 동아리 친구들이 있었고 장소의 제약이 있어서 마음은 텅 빈 듯 했다. 당시 삐삐가 있던 시절이라 그리움으로 음성 메시지를 남겼던 기억이 난다. 고등학교 시절을 잘못 보냈다는 실망에 며칠을 고민했었다. 과연 어떻게 살아야 하나? 친구란 존재는 무엇인가? 내면으로 자꾸만 파고드는 생각으로 헤어 나오기가 힘이 들었다. 이 때, 나를 일으켜 세운 건 내 삶의 이해였다.

'후회 없이 살자.'

'나를 잊지 말자.'

나와의 약속이 생각이 났다. 이건 나에 대한 믿음이며 자존감이었다. 내 삶의 가장 고민이 많았던 그 순간 내 마음속의 꿈틀거림은 알게 모르게 나를 돕고 있었던 것이다. 자존감은 나를 일으켜 세우는 든든한 지원군이었다. 그래서 지금 이 순간 '자존감'의 중요성을 얘기하고 있는 것이다.

현대를 살아가면서 외로움은 필연적인 감정이다. 사랑하는 가족이 있어도 혼자임을 느끼는 때가 있다. 이때에 외로움과 우울한 감정이 섞여서 나타나기도 한다. 감정의 출현이 빈번해지고 그것에 대한 통제가 어려워지는 사람들이 많다. 주위를 봐도 우울증으로 호소하는 가까운 사람들이 있으며, 자신을 통제 하지 못해서 괴롭다는 친구들을 자주 접하게 된다. 이런 감정들을 가까운 지인들이나 상담센터를 통해서 해결하고자 하지만 결국은 나 스스로 털고 일어나야 한다. 좋은 얘기를 들어도 내 것으로 소화시키지 못하면 그냥 배출해 버리게 되는 원리와 같기 때문이다. 이런 감정들을 잡아주고 다시 마음 챙김 할 수 있는 능력이 바로 자존감이다.

'자존감'은 자신에 대한 이해라고 생각한다. 감정의 원인이 무엇이며 감정의 원인을 설사 찾지 못한다 하더라도 감정을 떨쳐내기 위한 방법을 찾거나 행동하는 힘이 된다. 혹자는 '자존감'이 대세인가? 자존감이 강하면 인생을 정말 잘 살 수 있는가 물을 수도 있다. 자존감이 높다고 인생을 잘 산다는 보장은 없다. 그러나 '나'라는 존재가 정말 소중하고 값어치가 있다고 생각을 한다면 자신에 대한 이해를 보다 깊이 하고자 노력할 것이다. 인생의 선택에 있어서도 희망을 선택할 수 있는 가능성이 높지 않을까. 주위의 환경이 변화하고 경계선이 모호할수록 자신에 대한 이해는 반드시 필요하다.

선물을 받은 적이 있다. 친한 친구에게 받은 선물이었는데 포장이 너무 화려했다. 포장지의 화려함이 계속적으로 나의 신경을 끌었다. 하나씩 벗겨낼수록 속의 내용물이 어떤 것일까 상상하는 것만으로도 즐거움은 배가 되었다. 포장을 벗기고 나니 다시 포장이 나왔다. 더 궁금해졌다. 다시 포장이 나왔다. 한 장 한 장 벗겨낼수록 안에 내용물이 미치도록 궁금했다. 포장지는 눈에 보이지 않았다. 빨리 나를 생각하며 산 선물이 무엇일까를 생각하며 포장지를 벗기는 속도는 빠르게 증가했다. 마지막 포장지를 뜯었을 때 그 기쁨은 커지고 선물이 정말 내가 갖고 싶었던 것이어서 더 감격했던 일이 생각난다.

자존감을 이해하기 위해선 여러 번의 포장을 벗기는 과정이 필요하다. 포장지의 화려함을 보며 선물 포장지를 뜯다가 반복적인 행위가 일어나면서 오히려 선물 자체에 신경을 쓰게 되는 것이 중요한 포인트다. 자신에 대한 생각을 한다고 하지만 그 깊이는 상대적으로 부족한 것을 많이 느낀다. 내가 알고 있는 나를 정확히 파악하기 어려운 점이 바로 이점이기 때문이다. 나를 파악하기 위해 충분한 시간 투자를 해야 한다. 지금껏 해 온 생각과 하지 말아야 할 행동과 잘 했던 행동을 비교하며 그 때의 나는 어떤 식으로 나타났는지를 꼼꼼히 따져 보자. 순간을 음미하기 시작하면 어느 새 내 마음속의 자아를 느끼게 될 것이다.

'내 마음속의 또 다른 나'

무엇을 좋아하고, 무엇을 잘하며, 부정적인 감정과 긍정적인 감정들 중에서 어떤 선택을 했는지 파악할 수 있다. 선택에 대한 마음의 상태를 알게 되고, '어떻게 살 것인가'를 더 깊이 고민하게 된다. 내 마음속이 또 다른 나와 대화를 시작하면서 고민은 나 혼자의 것으로 인식이 된다. 그러나 외롭지는 않다. 나를 더 잘 아는 나를 알기 때문이다. 남에게 의지하는 기대심리를 자신과의 대화로 문제를 풀어나가고자 하는 마인드로 변화되는 과정이 자연스럽게 이뤄진다. 나를 제일 잘 아는 이와 함께 삶을 살아가는 기쁨을 갖게 될 것이다.

지금 나는 또 다른 나를 항상 느끼고 있다. 마음속의 자아를 느끼며 얘기를 자주 한다. 힘든 일을 겪어서 마음이 뽕뽕 뚫린 망사가 되어도 다시 일어 설 힘을 가지고 있다. 망사사이로 바람이 지나가면 시리고, 빠져나가지 못한 큰 덩어리들이 부딪칠 때는 아프기도 하지만 그 아픔들에 치여서 살지는 않는다. 내 마음의 방안에 커다랗게 차지하는 아품이 남아도 말끔히 청소하면서 가끔씩 꺼내 볼 수 있는 곳으로 넣어 둘 자신감이 생겼기 때문이다.

현실을 중요시하며 내 안의 나와 얘길 할 수 있는 용기를 키우자.

101

내 안의 나와 얘기를 한다는 것은 자존감을 향상 시킬 수 있는 길목에 들어가는 것이다. 나에겐 또 다른 내가 있어 그의 소리를 제대로 듣고 있다. 함께 긍정적인 에너지를 향해 나아가고 있다. 일기를 쓰고 독서를 하며 내가 가고자 하는 길을 찾아가고 있다. '나'에 대한 이해의 정도인 '자존감'은 삶을 긍정적으로 보게 변화시켰고 감사함을 느끼는 습관을 가지게 해 주었다.

내 인생도 내 삶도 온전히 나답게 살기 위한 방법을 가지게 되었다. 온전한 삶을 위해 선택한 자존감 키우기로 나를 알아가는 공부를 시작하길 바란다. 자존감 키우기는 거듭 강조하지만 세상의 두려움을 대하더라도 이겨 낼 수 있는 힘이 될 것이고 실패에서도 배울 수 있는 정신 강화제가 될 것이다. 나를 알아가는 자존감 공부 지금 바로 시작하자.

'자존감이 전부다.'

온전히 나답게 살기 위한
자존감 연습

과거의 덫에서 벗어나라

어제가 없는 오늘이 있다면 어떨까?

오늘을 보낸 어제가 차곡차곡 쌓여서 과거가 되는데 그 과거가 하나도 없으니 후회할 일도 두려워 할 일도 없는 것이다. 그저 오늘만 충실히 살면 된다. 호감 가는 상대를 만나면 적극적으로 대처하고, 하고 싶은 일이 있으면 무작정 덤벼도 좋지 않을까?

"너희들이랑 절교야."

3명이서 점심 먹고 학교의 대부분을 지내던 A에게 나는 얘기했다. A이랑 B는 주말에 만나서 영화도 보고 둘만의 시간을 많이 가졌다. 3명이서 쉬는 시간 떠들다가도 둘은 웃는데 나는 뭔지 모르는 일들이 생기기 시작했다. 돈을 모았다. 주말에 두 친구들과 어울려 놀았다.

영화를 보고 패스트 푸드점에 가니 몇 주를 모은 돈은 소리 없이 사라졌다. 주말에 함께한 얘기를 하며 일주일을 신나게 보냈다. 주말이 오면 돈이 없는 자신을 미워하며 두 친구들의 얘기에 소외되는 기분을 느껴야 했다. 반복되는 친구들과의 소외감 속에서 견딜 수 없어서 친구들과 절교를 했다. 고1이 지나고 고2때도 3명이서 친하게 지냈고 그 친구들의 생활 속에서도 소외되는 기분이 생기면 그 파장은 더 크게 다가왔다. 끝내는 다시 그 무리를 나와 버렸다. 고3때는 2명이 단짝이 되어 다녔다. 3이라는 숫자가 적용되지 않은 친구 관계라 정말 좋았는데 대입을 치르기 몇 달 전 3명이 되어 버렸다. 갑갑함은 또 다시 나를 휘몰아 그 친구와도 거리를 두게 되었다. 친구관계는 나에겐 멍이 되었다.

'제일 안정적인 숫자는 3……'

고3 겨울방학 책을 읽다 이 문구에서 얼어버렸다. 고등학교 3년 동안의 징크스가 되어버린 이 숫자가 어찌 제일 안정적이란 말인가 책 내용을 읽어가면서 수없이 많은 물음표를 그렸다. 물음표가 나의 마음에 전달 될 때 한 가지 중요한 것을 알았다. 3이라는 징크스는 내 마음의 그림자가 만든 나쁜 습관임을. 어리석은 짓을 반복하는 습관을 가지고 있었으면서 친구들에게 섭섭하다고 얘기하며 절교하자고 얘기를 했던 것이다. 친구들은 얼마나 놀라고 당황했을까. 다시는 이런 일이 생기지 않게 해야 했다. 친구의 관계에서 사람과의 관계에서도 마찬가지다 전부 다 알아야만 한다는 신의 영역은 필요가 없다. '돈'에 대한 부족으로 인해 내 자신의 계급이 떨어지는 것도 아니다. 잘못된 과거의 습관에서 빠져 나올 수 있는 방법을 찾았다. 소외감이라는 감정을 다스릴 수 있게 되었다. 친구에 대한 나만의 생각을 정리했다. 관계라는 것이 편안해지기 시작했다.

대학생이 되어 3명이 친구가 되었다. 고등학교와 같은 실수는 더 이상 없었다. 오히려 3명의 친구라서 함께 하지 못하는 순간에도 편하다는 생각이 들었다. 친구의 관계를 나름 정리한 것이 도움이 되었다. 과거에 연연하지 않으면서 현재를 충분히 즐길 수 있는 힘이 생긴 것이다. 친구와 함께 할 수 있는 범위를 정한다는 것이 어려웠지만 그것을 지키고 감정에 충실하니 친구 관계는 더 이상 힘들거나 나를 속박하지 않았다. 삶을 즐기고 충만하게 하는 감사의 선물이었다. 과거는 오늘을 보낸 결과다 그 결과를 가지고 배울 점을 취하고 버릴 것을 과감히 버리는 것이 나에 대한 의무자 책임이다. 친구에 대한 과거의 반복적인 덫에서 벗어나 관계에도 배움과 책임을 다하는 정성을 보이도록 하자.

시간은 그냥 흘러가는 것이 아니다. 과거의 축적된 경험과 생각들이 오늘을 잇고 있다. 한때 사업의 실패로 처참한 결과를 떠안았을 때 빨리 복구하는 것이 급선무라고 생각하며 미친 듯이 주식에 매달린 적이 있었다. 아침에 눈을 뜨면 컴퓨터에 앉아서 저녁 늦게까지 정보

자신감이 자존감인줄 알았다

나 증권방송을 보며 폐인이 아닌 폐인처럼 보냈다. 하루에 일백을 벌면 다음날엔 이백 삼백을 손해 보는 악순환의 고리에서 '주식'은 '망함'이라는 결과를 가져왔다. 매일매일 꿈속에서 돈을 쫓아다니다 보면 아나콘다 같은 뱀이 나타나 나를 물려고도 하고 살인자에게 쫓겨가는 악몽들을 수시로 꿨다. 악몽을 꾸면서 단 한 가지 실패를 만회하겠다는 생각에 주식의 끈을 놓지 못했다. 주식을 공부하면서 느낀 건 여유로운 자금으로는 충분히 적금보다 나은 재테크 방법이라는 것이다. 당시에 여유는 먼지 털만큼도 없었기에 실패는 정해져 있었다. 남편에게 가족들에게 폐를 끼치고 난 이후 주식은 내 입에서 나오면 안 될 금기어가 되었다. 채널을 돌리다 증권방송이 나오면 부랴부랴 돌리는 습관이 생겼다.

'자라보고 놀란 가슴 솥뚜껑 보고 놀란다더니!'

과거에 배웠던 지식은 그대로지만 그때의 감정이나 행동들이 생각이 나서 우연히 지나친 채널이지만 주위를 두리번거리게 된다. 주식을 하지 않음에도 '과거'에 행했던 행동이나 결과로 현재의 나는 행동에 큰 제약을 받고 있는 것이다. 과거에 배운 것이 있었다면 주식을 하다보면 관심이 늘어난다는 것이다. 뉴스를 보더라도 그냥 보는 것이 아니라 주식시장에 어떤 영향을 미칠 것인지 내가 가진 종목에 어떤 작용을 하는 것인지를 생각하게 하는 좋은 장점도 있다. 가르치는 사람으로서 이러면 안 된다는 생각이 들었다. 몇 십만 원의 여윳돈으로 주식을 샀다. 경제 공부를 하면서 관심의 폭을 늘려 나가고 싶었기 때문이다. 악몽에 시달리며 전전 긍긍 했던 시간이 헛되지 않았음을 확인하고 싶었다. 내가 가진 재산은 바로 경험이기 때문이다. 현재를 바라보며 경제학도로서 새내기가 되기로 한 것이다.

'나는 경제학과 학생이다.'

새로운 마음가짐으로 과거를 청산하는 기분이 들었다. 과거를 연연하며 자신을 탓하던 나는 어느새 현재를 바라보며 조금씩 앞으로 나아가기 위한 연습을 하고 있었던 것이다. 아픈 상처들을 보듬으며 한 발 씩 나갈 수 있는 건 내 마음에 대한 이해가 커지는 노력을 하고 있기 때문이다. 자신을 알고자 노력하는 마음이 자신감을 향상시키고 있다는 것을 확인시켜주는 있다. 실패에 대한 경험을 살려 좋은 점을 내 것으로 만들며 온전한 삶을 살기 위한 노력을 하고 있다. 지나온 과거의 덫은 더 이상 나를 막지 못한다. 오히려 감사하며 나아갈 뿐이다. 나답게 살기 위한 체크를 하고 실천을 하면서.

과거의 아픈 경험에서 무엇을 배웠나?

그때의 감정은 어떤 모습으로 나에게 영향을 끼쳤는지 아는가?

지금 그 감정이나 경험이 나에게 도움이 되는가?

똑같은 상황이라면 이젠 어떻게 하겠는가?

타인과의 비교에서 벗어나라

●

핸드폰 뉴스 메시지가 들어온다. 쉼 없이 들어온다. 세상사는 얘기가 많고 다양하다는 증거다. 너무 많은 것들을 접하다 보니 무감 각해지고 있었다. 자극적인 뉴스가 아니면 제목만으로 넘겨 버리는 태도는 무의식적 행동이 되었다. 유독 눈에 띄는 제목이 있었다.

'인천공항 이용객 최대'

'해외에서 지출하는 비용 사상 최고'

갱신이 되고 있다는데 어디에도 내가 도움을 준 것이 없다. 눈에 띄는 만큼 쓸쓸함이 밀려온다. 해외여행을 갈 만큼 여유로운 생활과 능력이 되는 이들이 부러웠다. 부러우면 지는 거라고 얘기하던 친구가 생각나 웃음이 났다. 그들이 무척이나 부러웠으니 진거였다.

며칠 전 초등학생 아들은 친구가 태국에 가서 코끼리를 타 본 얘기를 했다. 같은 학년 친구는 홍콩을 갔다 왔는데 이번 겨울엔 필리핀도 간다고 얘기를 했다. 그러면서 우리는 언제 가냐고 물었다. 부러워하는 모습이 보이지만 아무 말도 할 수가 없다.

"엄마, 우리는 해외 언제 갈 수 있어? 왜 못가?"

가고 싶은 마음이 절절 한데 '경제적인 이유' 라고 얘기를 했다. 우리는 집도 크고 엄마 아빠 돈도 버는 데 왜 못 가는지 이해가 안 된다고 얘기를 했다. 아이의 실망하는 모습이 마음에 남아 많이 불편했다. 빚을 내어서라도 아이의 마음을 달래 주고 싶은 충동이 일었다. '해외여행' 이 뭐라고 아들의 마음을 이리 기죽이는지 엄마라는 사람이 이 것밖에 안 되나 싶은 생각에 씁쓸했다. '해외여행' 이 주는 타국에서의 경험과 친구들의 '부러움' 을 느끼게 해 주고 싶은 생각이 간절했다. 부모의 능력을 얘기하는 금수저, 은수저, 동수저, 흙수저가 생각이 났다. 사랑하는 아들이 흙수저가 되는 것을 보고 싶지는 않다. 아이의 자존감을 위해서라도 보내 줘야겠다는 생각이 들었다.

"자존감?"

아이의 자존감을 위해서 빚을 낸다? 자존감이 무엇인가? 자신을 사랑하는 마음이고 자신을 믿고 자신에게 솔직한 것이다. 나의 자존감은 어디 있는가? 나의 자존감이 우선이었다. 해외여행을 보내주면 좋겠지만 사정이 안 된다면 다른 경험을 시켜주면 된다. 주말 축제나 이색 체험이 있으면 할머니 할아버지 동생 내외랑 함께 하는 것은 좋은 경험이 아닌가? 친정 식구들과 역사 여행도 하고 '캠핑' 장비가 없어도 캠핑을 하는 이색 체험도 했다. 시간이 되면 전국 곳곳을 다니며 보고 듣고 먹고 하는 추억을 더 소중하게 여기도록 해야겠다는 생각이 들었다. 지금은 해외여행을 보내주지 못한다. 최선을 다해 아이의 다양한 경험을 해주고 있으며 앞으로도 그럴 것이다. 할 수 있는 것에 초점을 맞추자. 다른 가족들의 보이는 모습을 보고 나를 비교하지는 않겠다.

'보이는 것만이 전부가 아니다. 내 자신의 결정을 알기에 즐겁게 아들과 함께하는 경험 만들기 여행을 지금처럼 하겠어. 해외는 기회가 된다면 같이 가겠어.'

다른 이들이 사는 멋진 겉모습만 보고 나를 비교하지 않기로 했다. 그들의 화려함 이면에 말 못할 사정이 있을 수도 있고 진정 행복한 삶일 수도 있다. 신경 쓸 이유가 없다. 아이에게 내가 해 줄 수 있는 부분을 생각할 것이다. 아이를 사랑하는 방법은 다른 식으로 표현이 가능하다. 기회가 된다면 해외여행도 갈 수 있다. 나의 마음에 충실하면서 아이의 자존감도 챙겨가는 삶을 선택하겠다. 온전히 나답게 사는 모습을 보면 아이도 배울 것이다 몸에서도 마음에서도 습관이 된 삶을 살 수 있을 것이라 확신한다.

'결혼기념일 선물로 목걸이 10돈 받았어. "

친구가 자랑을 한다. 귀금속에 관심이 그리 많지 않지만 '결혼기념일'이라는 말이 마음에 남는다. 남편이 기념일도 챙겨주는 것이 너무 부러웠다. 결혼한 지 벌써 18년이 되어 간다. 생각도 못했다. 이렇게 글을 쓰면서 남편과 함께 한 시간이 생각보다 길다는 것을 깨닫는다. 첫해 결혼기념일은 기억이 난다. 남편이 갈비찜을 하고 꽃다발 선물을 줬었다. 꽃다발은 연애 중일 때도 받지 못했기에 더욱 기억이 선명하다. 육류를 좋아하는 나를 위해 준비한 갈비찜도 정말 맛있었다. 그 이후는

"난 안주고 안 받기야."

이 말만이 기념일에 들리거나 의미 없이 지나간다. 섭섭하고 기운 빠지는 날이 되었다. 더 이상 결혼기념일은 특별한 날이 아니다. 아들도 그런 모습을 보면서 닮아간다. 기념일을 챙기지 않는다. 친구를 보니 남편이 참 사랑한다는 생각이 들었다. 나는 사랑받지 못한다는 생각이 들기도 했다. 표현의 문제라고 생각을 했는데 계속 마음 언저리에 남아서 나를 생각 속으로 던져 넣는다. 결혼기념일을 잊지 말라고 일반 전화번호 뒷자리로 정했다. 정확하게 기억하라고 했지만 사라진 일반 전화기처럼 그날도 사라져 버렸다.

"뭐! 경상도 사나이랑 결혼했잖아. 나도 경상도 아줌마잖아."

집으로 돌아서는 나에게 큰 소리로 얘기했다. 목소리가 큰 만큼 서

운한 감정이 느껴졌다.

결혼기념일은 둘만의 날이 아닌 두 가족이 모여 또 하나의 가족을 만든 날이라고 생각한다. 결혼기념일을 기념하는 건 새로운 가정에 대한 예의라고 생각했다. 우리 부부는 그 예의를 하지 않기로 결정을 해버린 듯 했다.

"엄마, 내 생일날 뭐 해 줄 거야?"

아들이 얘기를 했다. 내 생일이 빠른데 아무것도 해 주지 않았으면서 받을 생각을 하고 있다. 너무나 자연스런 말투에 아무 생각 없이 대답을 했다. 뭐가 갖고 싶은지를 물었다. 갑자기 뭔가 잘못되었다는 생각이 들었다. 기념일 챙기기를 하지 않는다는 것이 표현하는 방법뿐만 아니라 예의가 될 수도 있다는 생각을 다시 하게 되었다.

"아들 네 생일날 뭔가를 받고 싶니? 그럼 엄마 생일날은 어떨까? 선물이라는 건 받으면 좋은 거지? 어른도 아이들도 다들 좋아하는 거야."

아들에게 뭔가를 배우게 된다. 나와 남편의 행동을 아들이 따라 하기 때문이다. 내가 느꼈던 남편에 대한 생각을 아들 행동에서 다시 떠올리게 되었다. 그날의 섭섭함이 밀려왔다. 내 삶의 기념일을 이런 날로 바꾸고 싶지 않았다. 아이에게 갖고 싶은 선물을 물어보고 사러가기로 했다. 그 장소에서 내가 갖고 싶은 선물을 나에게 주기로 했다.

기념일에 선물을 받는 다는 것은 상대방에 대한 마음을 표현하는 것이라고 생각한다. 그런 모습을 보는 아들도 선물을 받으면서 감사하고 선물을 주는 사람도 기뻐하는 모습을 느껴야 한다고 생각했다. 남편이 해 주길 바라지 않는다. 내가 챙길 것이고 마음이 기쁜 쪽으로 기념일을 맞이할 것이다. 친구 남편이 친구를 사랑하는 표현이라면 나는 나를 사랑하는 표현으로 할 것이다.

'표현은 마음속에 있는 감정을 나타내는 것이며 감정을 더 확신시키는 과정이다.'

확신에찬 말을 중얼거리며 비교하지 않는 삶 나를 위한 삶을 조금은 이기적으로 사는 법을 배우기로 했다. 기념일은 꼭 챙기면서.

자신감이 자존감인줄 알았다

안 괜찮은데 괜찮다고 하지 마라

●

'사람과의 관계를 잘 유지하고 싶다.'

이런 생각을 하는 사람들은 사람 관계에 대해서 현재 잘 풀리지 않거나 혹은 정말 잘 유지하고 싶은 사람을 만난 경우이다. 사람의 관계는 그냥 두면 쑥쑥 자라는 잡초 같은 성질이 아닌 온실 속의 화초라는 생각이 든다. 적당한 온도가 필요하고 적당한 물이 필요하며 적당한 거리를 유지하면서 적당한 마음의 작용이 필요하다고 생각하기 때문이다.

현재의 직업을 새로 시작하게 되어 워크숍에 참석한 일이 있었다. 다양한 지역에서 온 새내기 사원들 틈에서 눈에 띄는 사람이 있었다. 상냥한 말투에 뭔가 신비한 분위기를 풍기는 그녀는 나의 레이더망에 걸렸다. 조금은 일반적이지 않은 사람에 대한 나의 호기심이 발동을 했다. 첫 시간을 마치고 쉬는 시간 그녀에게 다가갔다. 그녀는 얘기를 재미있게 했고 우리는 금방 친해졌다.

"쌤, 이번 시간에 토론 하는 주제에 대해서 생각해 봤어요?"

당연히 준비가 생명인 나는 토론 주제에 대한 생각을 말했다. 그녀는 생각을 하지 못했다면서 멋쩍어 했다. 토론 시간 나서서 얘기하는 사람이 없었다. 자리 순으로 얘길 하는 수밖에 없다며 발표를 시켰다. 그녀의 차례가 되었다.

"사람의 관계도 노력이 필요합니다. 집중적으로 관계 자체에만 매달리는 노력은 빈껍데기 입니다. 나에 대한 이해가 전제가 되어 적당한 거리를 유지하는 것이 좋다고 생각합니다. 사람의 관계는 일방적인 것보다는 상호작용이라 상대방을 배려하는 법도 알고 배워야 하기 때문입니다."

내가 말한 내용이었다. 갑자기 나의 생각이 그녀 생각이 되어 버렸다. 내 차례가 되었을 땐 생각을 제대로 하지 못했다고 해야 했다. 억울했다. 빨리 쉬는 시간이 되어 묻고 싶었다.

"쌤, 갑자기 선생님 생각을 얘길 해서 놀랐죠? 저도 선생님 생각이 너무 좋다고 생각하고 있다가 순서가 와서 그만 말을 해버렸지 뭐예요."

"예? 아, 괜찮아요. 그럴 수도 있죠."

마음에선 또박또박 토론이라는 개념을 아는지 묻고 있었다. 다른 사람의 의견을 자기 것으로 얘기를 한다는 것 자체가 생각하지 않고 행동하는 것이라며 말해주고 있었다. 대답은 엉뚱하게 나왔다. 그녀로 인해 쉬는 시간 주어진 과제를 하지 않는 '불량쌤'이 된 것 같아 속상했다. 내 생각을 도둑맞았는데 아무 말도 못하는 머저리가 된 느낌이었다. 사람은 가끔씩 이렇게 바보가 될 수도 있다는 것을 알게 된 순간이었다. 속상하고 불편한 마음일 때 괜찮다고 하지 말자 속 시원히 얘기를 하자. 마음을 투명하게 만드는 것이 더 소중하기 때문이다. 말하지 못한 이야기를 속에 담아 혼탁한 마음을 지니는 건 속상하니까.

"양껏 먹었어?" 시댁에서 외식을 하고 집으로 돌아가는 차안에서 남편은 물었다. 신선한 마블링이 있는 쇠고기를 먹는 외식이었다. 아들이 쇠고기를 좋아한다고 시댁어른들이 추천한 장소에서 외식을 했다. 고기를 잘 굽는 신랑이 구울 동안 아들과 나는 몇 점씩 먹었다. 시댁어른들도 맛있게 드셨다. 아들의 젓가락은 쉴 새 없이 움직였고 불판의 속도는 더디기만 했다. 아들이 잘 먹는 모습은 너무 행복했지만 맛있는 음식을 먹고 싶은 마음은 마찬가지였다. 사이드 음식만을 계속 먹으면서 배를 채워나갔다. 너무 열심히 먹었을까? 시어머니는 쇠고기가 구워지니 남편 앞으로 고기를 모았다.

"굽기만 굽고 언제 묵누."

나의 젓가락이 향할 방향은 탁자 위라는 것을 알았다. 남편은 몇 점을 내 앞 접시에 놓았다. 쇠고기를 먹으려고 하니 갑자기 울컥 해졌다. 이것이 뭐라고 내 마음을 감정에 흠뻑 절이는지 이 시간이 싫었다. 눈에 힘을 주었다. 쌍꺼풀이 생기도록. 고기를 입안에 넣었다. 보기에도 좋은 쇠고기의 마블링이 입안으로 달려오는 것 같았다. 맛이 정말 좋았다. 살살 녹는다는 말이 틀리지 않았다. 시어머니께서 먹으라며 몇 점을 접시에 놓아 주셨다. 폭풍 흡입할 수 있다면 얼마나 좋을까? 이렇게 맛있는 고기를 아들도 남편도 나도 먹을 수 있다는 것이 너무 좋았다. 조금 더 먹고 싶었다.

"배부르니? 고기 좀 더 시킬까?"

어머니는 남편에게 물었다. 남편은 나에게 더 먹을 것인지 되물었다.

"아니 난 괜찮아."

마음에도 없는 소리를 했다. 시어른이 사주시는 음식이라서 '비용'이 마음에 걸렸다. '더' 먹으면 고기를 굽는 남편을 바라보고 입안에 고기를 음미하는 나를 바라볼 어른들의 시선과 식사를 마치고 마냥 기다리실 모습이 눈앞에 아른거렸다. 배도 부르지 않았다. 허기가 다시 지기 시작했다. 배부르다며 얘기하는 어른들을 보니 정말 난 문제가 있는 며느리인가 싶은 생각도 들었다. 어른들을 모셔다 드리고 집으로 향했다. 배가 고파 라면을 끓여 먹었다. 남편은 놀란 눈으로 쳐다봤다.

"쇠고기가 더 먹고 싶었는데 어머니 아버지 기다리실까봐."

말하면서도 살짝 울먹거렸다. 내 앞에 놓인 고기를 입에 넣을 때와 욱한 감정이 느껴졌다. 너무 맛있다는 것을 얘기하고 싶었고 양껏 먹고 싶었는데 시댁 어른들에게 나는 어떤 모습으로 보일지 걱정하는 마음이 더 컸다. 불편함이 있었다. 마음을 다 보여도 괜찮은 자리인데도 나는 시어른들을 어렵게 대하고 있었다. 내 마음을 다 보이면 안 되는 것처럼.

"시댁 어른들은 아직 어색한 부모일 뿐이야. 부모는 부모야!"

늘 생각은 '아직은 어색한 부모' 일 뿐이라고 생각하지만 행동은 아닌 것 같다. 며느리와 시어른들과는 혈연이 아닌 가족이다. 일정한 거리를 둘 수 있어서 오히려 편할 수도 있는 관계다. 알지 못했던 시간이 존재하지만 생활을 하면서 공유하는 부분들이 많아지고 있는 부모 자식간의 관계가 되는 것이다. 시어른들에게 좀 더 솔직해지기로 마음먹었다. 이제 새로운 가족의 구성원으로서 '나' 의 존재를 드러내는 것이 관계유지에 도움이 될 것을 알기 때문이다.

내가 아닌 다른 사람의 시선을 의식해서 안 괜찮은데 괜찮다고 하지 말자. 내 자신에 대한 거짓말을 하는 것이다. 나의 머리는 '괜찮아' 라는 말을 쓸 때를 기억할 것이다. 배부르지 않아도 배부르다고 얘기해야 할 때 내 생각을 발표해야 하는데 남이 내 생각을 자신의 생각인 것처럼 당당히 얘기 할 때 쓰는 말로 인식할 것이다. 잘못된 뇌의 기억을 위해서도 생활에 최선을 다하고자 하는 나를 위해서도 안 괜찮을 땐 괜찮지 않다고 얘기하는 법을 연습해야 한다. 고기가 먹고 싶을 땐 '고기가 너무 좋아서 살살 녹네요. 조금 더 먹고 싶어요.' 명확하게 전달하도록 하자.

내 생활에서 자신에 솔직한 일들이 쌓이고 하루하루 충실히 살아가는 자세는 나를 좀 더 나답게 사는 방법임을 잊지 말자. 안 괜찮을 땐 괜찮지 않다고 얘기하는 자신을 받아들이는 삶은 더 이상 남의 얘기가 아닌 나의 얘기임을 명심하자.

자신감이 자존감인줄 알았다

'불완전함'을 채우려 하지 마라

하루를 열심히 살다보면 매일 아주 작지만 사건 사고들이 끊이지 않는다.

밥을 하다가도 가스레인지 불을 꺼 둔 상태로 요리를 하다가 다시 불을 켜기도 하고 핸드폰을 들고 전화를 하러 갔다가 냉장고에 넣어 두고 오기도 한다. 이런 일들이 일어나면 한껏 큰 소리로 웃고 털면 된다. 하루를 조금만 신경 써서 보내면 이렇게 재미난 일들을 찾아 볼수 있다. 우리 인생도 지나온 길을 돌아보면 재미난 부분이 많다.

간만에 마트로 향했다. 일주일동안 아파서 아무것도 할 수 없었기에 식구들을 위해 뭔가를 해주고 싶었다. 일주일이라는 시간동안 병원을 수차례 들락거리면서 기운이 빠질 대로 빠졌고 심신도 상당히 지쳤다. 초고에 대한 나의 의지는 어느덧 사라지고 없었다. 마트를 걸어 다니는 걸음이 어색했다. 내 다리인가 싶었다. 몇 달 만에 간 마트지만, 코너별로 달라지지 않아서 어색하지는 않았다. 나의 눈을 확 끄는 품목 또한 없어서 이리저리 구경만 하고 있었다.

"엄마, 저거."

예쁘게 생긴 꼬마 여자아이가 한손에 사탕을 쥐고 한손으로는 누군가를 가리켰다. 그 쪽을 따라가 보니 카트를 타고 가는 남자 아이가 보였다. 그 아이는 손에 젤리를 들고 있었다. 내가 봐도 먹음직스러워 보였다. 닭똥 같은 눈물을 머금은 여자 아이는 계속 그 남자아이를 보면서 엄마를 불렀다. 엄마는 아이의 부름과는 반대로 품목에 적어온 것들을 사느라 정신이 없었다. 한 곳만을 바라보는 아이의 눈동자에서 눈물이 흘러내렸다. 엄마가 알고 있다는 듯이 달래고 있었지만, 아이는 계속 지나간 남자 아이의 방향을 고집스럽게 바라보고 있었다. 제법 시간이 지난 것 같은데 여자 아이의 집념은 대단했다. 흐느적거리면서 자신의 손에 들린 사탕을 한 번 맛보는 여유도 보였다.

"가진 것에 감사하라."

여자 아이를 보고 있으니 생각이 나는 말이었다. 자신에게 주어진 것에 감사하는 것보다는 더 맛있어 보이고 자신의 품에 없는 남자 아이의 젤리에 관심을 두고 있는 모습은 사뭇 어른들의 그것과 비슷하다는 생각이 들었다. 내가 가진 것 보다는 가지지 못한 것에 대한 미련을 가지고 사는 삶, 가진 것에 만족하기 보다는 없는 것 부족한 것에 집중을 하다 보니 둘 다를 잃어버리는 실수를 하게 되는 걸 여러 번 봐왔다. 부러울 것 없이 살던 가정이 어느 날 아버지의 부도로 모든 것을 잃게 되었을 때 그 이전의 삶은 그림이 되고 추억이 된다. 지난날을 그리워하며 술로 지새던 아버지의 건강이 나빠져 집안이 우울함으로 가득 차고 가족들의 불화가 잦은 얘기들을 주위에서 쉽게 접할 수 있었다. 친구의 아버지는 부유한 중산층 사업가였다. 결정적인 한건의 사건으로 '부도'라는 것을 맞았다. 친구의 아버지는 자신이 실패한 원인에서의 부족함을 채우기 위해 몸을 혹사하며 일을 했다. 지난날의 영광을 그리워하며 술로 달랬다. 지금은 이 하늘아래 있지 않다. 그 분은 최선을 다한 삶이라고 할지 모르지만, 자신의 불완전함을 이해하지 못했다. 그냥 운이 나빠서 사람을 잘못 만나서 실패했다고 했다. 하루를 열심히 살다가도 '운'이 불완전해서 망했다는 생각이 들때면 '운'을 채우기 위해 도박을 하고, 술을 마셨다. 악순환이었다. 현실을 인정하고 대인관계를 잘 다루는 자신의 장점을 이용했다면 더 나은 삶과 가족들의 행복을 가진 마지막을 보냈을 것이다. '불완전함'을 인식하고 인정했다면 자신이 가진것을 활용하는 삶이 더 나은 결과를 가져온다는 믿음이 생기게 된 계기였다.

내가 아는 친구 K의 이야기다. 그녀는 집이 참 잘 산다. 먹고 입고 쓰는 면에선 망설임이 없다. 친구들과의 모임에 가면 제일 맛있게 먹고 그 모임의 자리를 흥겹게 만드는 재주가 있는 그녀였다. 친구들과 신나게 놀던 그녀는 약속시간이 끝날 때쯤이면 먼저 갈게라고 얘기하며 급하게 나가버린다. 그건 그녀만의 헤어짐의 인사였다. 매번 그렇게 끝맺음을 했기에 언젠가는 꼭 그녀에게 이유를 물어보겠다고 생각을 했다. 인사를 하는 그녀의 손을 잡고 모임 장소에서 그리 멀지 않은 카페로 갔다. 그곳에서 그녀에게 왜 이런 인사를 하며 빨리 가냐고 무슨 일이 있는지를 물었다. 그녀의 대답은 의외였다.

"헤어지는 게 싫어. 헤어지는 모습을 보는 것도 싫고, 친구들을 만나면 너무 좋아서 열심히 놀긴 하지만, 막상 헤어질 시간이 되면 무서워. 날 버리고 떠난 엄마는 그렇게 인사를 하고 뜸을 들이더니 다시는 오지 않았어. 친구들도 그럴 것 같아. 헤어질 때가 되면 엄마가 계속 떠올라 내가 먼저 일어나는 거야."

그녀에겐 그녀를 버리고 떠난 엄마의 빈자리가 나타나고 있었다. 항상 밝은 모습으로 친구들을 맞이하며, 나갈 때는 쿨하게 나서던 그녀의 마음 한편엔 그녀가 채울 수 없는 어린 시절의 기억이 도사리고 있었다. 그녀의 기억이 모임의 끝을 빨리 정리하고 떠나고자 하는 이상한 습관으로 형성되어 있었다. '헤어짐'에 대한 올바른 습관만 있다면 그녀는 항상 밝고 사랑스러운 그녀 자체였다. 그녀와 나는 조용히 얘기를 나누었다.

"엄마의 빈자리가 너무 컸어. 그래서 아이들에게도 남편에게도 항

자신감이 자존감인줄 알았다

상 내가 다 해주어야 했어. 외로움이나 허전함 등을 느끼지 않게 말이야. 아이들과 남편은 그럴 필요가 없다는 사소한 것까진 챙기는 나였어. 엄마에 대한 그리움과 엄마에 대한 배신감이 나를 불완전하게 만든 것 같아. 그래서 그 불완전함을 내가 메우기 위해 우리 가족들에게 집착할 만큼 간섭하고 그랬던 것 같네."

그녀는 자신의 생각을 술술 털어냈다. 들어주기만 해도 그녀는 마음이 정리가 되고 자신의 빈자리가 '불완전함'으로 자리 잡아 삶을 좌지우지한다는 것을 깨달았다. 친구들에게도 자신의 이런 모습을 들킬까 하는 생각에 헤어짐을 자신만의 방식으로 처리한 것 같다고 했다. 그녀를 보면서 나는 생각했다. 어쩜 우리 자신은 스스로에 대해 너무 잘 알고 있기에 기회만 된다면 스스럼없이 자신의 모든 것을 펼쳐놓고 쳐다볼 마음의 준비를 늘 하고 있었다는 생각이 들었다. 자신에 대한 생각은 미리 정리하고 마음의 준비를 하고 있지만 정작 그것을 인지하는 우리의 뇌가 거부하고 있다는 느낌이 강하게 들었다.

나도 불완전함이 존재한다. 그 불완전함에 대해 항상 생각을 하며 채우려하고 있다. 불완전함을 인지하고 완전해지는 것이 나를 이해하고 자존감을 높이는 방법이라고 생각했다. '불완전'에 맞춰진 시선은 만족을 몰랐고 마음과 생각은 분리되는 것 같았다. 고대철학자 에픽테토스의 말처럼 갖지 못하는 것을 소망하느라 가진 것을 망치고 자신을 제대로 보지 못하는 우를 범하고 싶지 않다. 불완전하기에 노력할 수 있는 나 자신을 준비하고 불완전하기에 내가 가진 것에 감사하며 가진 것에 더 집중을 할 수 있지 않을까?

그녀는 그날이후 친구들과의 모임에 더욱 적극적이다. 그리고 그녀가 보여준 불완전함에 대해 그녀는 친구들과도 공감하기 시작했다. 친구들 또한 그녀의 솔직한 고백에 자신들이 가지고 있는 불완전함에 대해 늘어놓기 시작했다. '불완전함'은 나쁘지 않다. 우리 모두 그것을 가지고 있었다. '불완전함'을 채우기 위해 노력하기 보다는 그럴 수도 있다 인정하는 분위기에 그날의 모임은 최고조의 분위기로 흘러갔다. 우리 모두가 알고 있는 것을 한자리에 털어버리면서 우리는 시선을 바꿀 수 있었다.

온전히 나답게 살기 위한 자존감을 얻는 방법은 혼자만의 방법으로 해결해 나가는 것도 좋지만 이렇게 모임을 통해서 다 같이 생각하고 즐겁게 이끌어 가는 것도 좋은 방법임을 깨닫는다. 우리가 자신에 대해 더 많이 알고 자신에 대해 솔직해질 때 우리는 불완전함을 즐길 수 있는 여유와 가지고 있는 것에 대한 감사를 무한히 나눠 줄 수 있을 것이다.

내 기분을 상하게 하는 말을 흘려버리기

●

나를 찾아오는 친구들은 영어나 수학에 도움을 받기를 원한다. 같은 학년에 맞지 않게 기초가 너무 부족하거나 잘 나오던 성적이 변동이 심해서 오는 친구도 있다. 학생 개개인별로 성향이나 학습 능력이 달라 늘 처음 오는 친구들에게 신경을 많이 쓴다. 친구들 성향 파악을 해야 맞춤이 가능하기 때문이다. 친구들과 더 친밀해질 수 있고 적극성을 키울 수 있는 이 일이 너무 좋다.

학생들 수업을 돕는 이 일을 처음 시작할 때는 '초등전문' 선생님이었다. 작고 귀여운 얼굴을 한 녀석들과 수업을 시작하기 전에 집중이 필요했다. 현재 즐겨 쓰는 유행어를 이용한 유머나 게임 등을 준비해야 했다. 아이들과 함께 뭔가를 해내는 시간이 기대되기 때문이다. 웃음 코드가 달라 즉흥적인 센스를 발휘해야 하는 순간도 있지만 가슴 뛰는 소중한 일이었다. 그러나 프랜차이즈로 시작한 일이라 일주일에 한번 정도는 홍보를 하러 나가야 했다.

"저기 초등교육 전문 공부방이 있어. 들어봤니? SM스터디라고"

두 녀석이 가는 길에 홍보선물을 주면서 영업사원은 물었다.

"아 거기요? 돈 아까워요!"

두 녀석에게 다가가다 깜짝 놀랐다. 저런 소리를 들을 만큼 내가 잘 못을 한 건가? 가만히 녀석들을 보니 두 달 전에 나에게 인계되었고 한 달 전에 그만둔 친구들이었다. 이전에 공부방을 하던 선생님이 갑 자기 그만두면서 계약기간이 남은 친구들을 인계 받아야만 했다. 어 쩔 수 없는 조치라 받아들였지만 수업시간에 집중하는 부분이나 그만 둔 선생님이 좋았다고 노래를 하던 친구들이었다. 나하고는 정말 맞 지 않은 친구들이었다. 초등에 대한 강사경력도 처음이라 힘이 들었 는데 아이들도 힘들었던 모양이다 자괴감이 밀려왔다. 무능한 선생님 이 되어 버렸다. 초창기였지만 학생들이 늘어나지 않은 것은 나의 무 능함 때문이었구나 하는 생각이 들기 시작했다. 생각을 하면 할수록 무능하다는 소리가 계속 나를 따라들었다.

'돈 값을 못 하는 나! 초등학생이 그런 얘기를 하다니! 그만큼 자질 이 부족하단 말인가!'

수없이 되뇌었다. 정말로 아이들 앞에서 그런 자신이 서있는 듯한 착각을 느꼈다. 아이들과 수업하는 내내 벌거벗은 느낌이 들어 얼굴이 화끈 달아올랐다. 며칠째 고민한 후에 점장님께 전화를 했다. 며칠 전 있었던 일들을 얘기하며

"선생님, 초등은 처음이라고 했죠? 중고등하고는 달라요. 신경도 많이 써야 하고 무시해야 할 부분도 많아요. 선생님은 특별한 존재라고 했죠? 다른 선생님들은 나를 찾아와 면접을 봤지만 내가 직접 가서 면접 본 건 선생님이 첨이라고 얘기했잖아요. 그만큼 선생님은 아이들을 가르칠 수 있는 뭔가가 있는 사람입니다."

특별한 존재라고 점장님이 얘기하셨다. 이 직업을 선택할 때도 절대 아이들 가르치는 일은 하지 않는다고 얘기해 오면 나를 이해시키면서 시작했다. 두 녀석은 나를 잘 모르는데 충격적인 얘기 한 마디에 그만둘 수 없다는 생각이 살아나기 시작했다. 해야 하나 말아야 하나 두 편의 전투는 치열했다. 나를 갉아먹는 나쁜 감정을 없어지게 할 수 있다면 약이라도 벌컥 마시고 싶었다. 그때였다.

'선생님 중학교 수업을 받고 싶은데 초등만 하는 거 아니죠?'

수업시간 농담만 하면서 나를 놀리던 녀석에게서 문자가 왔다. 나름 성적은 올랐지만 부담스런 아이였다. 그 녀석의 선택을 받는 것이 놀라웠다. 맨날 시험치고 나면 나간다고 노래를 했기에 기말시험이 끝난 시점이니 당연히 나갈 것이라고 생각했기 때문이다. 희망이 보였다. 가슴이 뛰기 시작했다. 초등이 나랑 코드가 안 맞으면 중고등을

대상으로 하면 된다는 해결책이 떠올랐다. 서점으로 달려갔다. 중학생이 되는 친구들을 이해하는 코드가 필요했다. 그 녀석을 이해하기 위한 지식이 필요했고, 더 잘 가르쳐 주고 싶은 욕심이 생겼다. 밝은 곳을 향하는 문은 밝은 빛을 많이 받는다. 함께 하고자 하는 친구를 생각하니 그 녀석들의 말이 지워지기 시작했다. 대수롭지 않게 넘기게 되었다. 신경쓰게 만들던 일이 새로운 단계를 위한 토대가 되었다. 나는 하고 싶은 일과 해야 할 일들에 집중하는 행동을 하고 있었다. 두 녀석들이 한 말은 더 이상 남지 않았다. 그 녀석들의 말을 없애 버리자고 생각을 했다면 그 말을 계속 되씹는 결과가 되었을 것이다. 그 녀석들의 생각에 대한 에너지를 좋은 행동을 실천하기 위한 에너지로 바꾸는 것. 그것은 나쁜 말을 나만의 방식으로 흘려버리는 방법이 될 것임을 확신하는 계기가 되었고, 지금도 잘 활용하고 있다.

"어떻게 그런 행동을 할 수 있어?"

"나 무시하니?"

이런 말을 들을 때면 기분이 상한다. 질문에 대한 답을 말하기에 앞서 감정적으로 변하기 때문이다. 이러한 말들 이면에는 나를 제대로 알지 못하는 비난이 들어있다. 비난을 먼저 알아차리는 것은 머리가 아니라 감정이 더 빨리 파악한다. 기분이 나빠지는 현상이 제일 먼저 나타난다. 우선 나의 상태를 점검하자. 평상시와 같은 상황에서 그 말이 나오게 된 원인을 생각하자. 습관화된 행동으로 다른 이들이 받아들이는 과정에서 오해를 사게 하는 것들이 있었는지 확인하자. 원인에 대한 분석이 끝나면 변화할 수 있는 에너지를 끌어들여 행동으로 실천하자. 물을 흡수하는 스펀지가 오랫동안 머물러 있으면 물먹은 하마처럼 잘 움직이지 못한다. 생각만 많이 하는 것은 '나'를 나쁜 감정에 놓아 둘 것이다. 나쁜 감정은 나에게 손해다. 비정상적인 시각으로 실제 현상들을 왜곡해 받아들일 수 있는 가능성이 높아지기 때문이다. 나쁜 감정이 생기게 했던 말들을 흘려보내야 한다. 평상시와 다른 상황에서 이런 말을 들었다면 내 마음을 진정시키자. 그런 행동을 할 만큼 화가 나거나 상대방에게 불만이 있을 수도 있다. 마음의 상태를 진정시키고 양해를 구하도록 하자.

"내가 그랬어? 정신을 집중 할 수가 없네. 잠시 후에 얘기하자."

"무시라니? 그런 생각이 들게 했다면 내가 미안해.

이층집에서 터벅터벅 거리는 발소리를 시끄럽네! 얘기하며 무시하다가도 유난히 이층집의 소음이 크게 들리고 신경이 날카로워 지는 날이 있잖아? 그게 오늘인거 같아. "

내 몸이나 마음이 불편하다면 받아들이는 상태가 다르기 때문에 표현도 다를 수 있다. 내가 말한 것이 상대방의 기분을 상하게 했다면 먼저 상대방의 기분을 풀어 주는 것도 좋은 방법이다. 상대가 나를 이해할 수 있는 여유를 누릴 수가 있다. 상대는 나의 기분이나 몸이 불편하다는 것을 알아차릴 수가 있기 때문이다. 언어 선택에 신중을 기하면서 상대방의 기분을 풀어준 후 자신의 몸과 마음이 불편한 이유를 생각하고 해결 하도록 하자. 상대방의 기분을 풀어주고자 노력 하면서 상대방의 마음을 알 수 있기 때문이다. 그도 자신의 의도와는 다르게 말을 한 것일 수 있기 때문이다. 나의 행동이나 마음에 대해 진정으로 한 말이라면 받아들이고 고민해야 한다. 만약 상대방이 나의 기분을 상하게 한 경우라면 그 말을 유리 벽속으로 가두어 천천히 관찰하자. 정면과 측면에서 들리는 경우가 다르다면 나의 상태에 따라 다르게 느껴질 것이다. 관점의 다양화로 여러 가지로 생각해 볼 수 있는 기회가 될 것이다.

왜 나만 상대방이 던진 말에 기분이 상하게 된 채로 지내야 하는가? 그는 벌써 잊어버리고 있을 수도 있다. 의미 없는 말일 수도 있는 것을 나의 상황에 맞추어 해석하지 말자. 상대방이 의미 없다면 나또한 그렇게 흘러 버리면 된다. 나의 오늘은 다시 돌아오지 않는다. 지금 내 기분에 의해 하루를 버리진 말자. 꾸준히 기분을 상하게 하는 말을 흘려버리는 연습을 하자. 최선을 다한 오늘을 기억하기 위해.

다른 사람의 평가에서 자유로워져라

●

글을 쓰는 걸 너무나 싫어하는 친구가 있었다. 그 친구는 자신의 용돈을 다 털어서 글 잘 쓰는 친구에게 숙제를 해달라고 하며 글을 쓰는 일을 피하고 있었다. 요즘은 수행평가로 글 쓰는 일이 많아져 글을 잘 못 쓰는 친구들은 정말 힘들어하는 과정이 늘고만 있다. 글 쓰는 숙제를 해달라고 부탁하던 친구는 어느 날 여름학교 방학숙제에서 장려상을 타게 되었다. 초등학교 시절 방학숙제를 하면서 과제물로 냈던 것들 중 잘 된 숙제는 상을 줬다. 방학 숙제로는 탐구생활, 글짓기, 독후감, 만들기, 그림 그리기 등 할 것이 많았지만, 그 시절엔 부모님들이 도와주는 건 상상할 수도 없었다. 각자의 삶에서 경제를 책임져야 할 부모님들은 아이들에게 전적으로 숙제를 맡기는 환경이 대다수였기 때문이다.

대구의 유명한 서문시장 근처에 사는 사람들은 당시에 먹고 살기도 힘들었다. 그래서 자식 공부를 신경 쓰는 사람들보다는 학교 잘 다니고 숙제 잘 하고 선생님 말씀을 잘 듣는 것을 감사하며 살았다. 방학이 끝나는 날 개학식 때는 숙제를 잘 들고 가야했다. 만들기를 독특하게 잘 한 친구들을 보면 놀랍기도 했고, 요쿠르트로 집을 만든 친구, 수수깡으로 원두막이랑 여름의 풍경을 만든 친구들을 보면 우러러 보였다. 선생님들도 독창성에 대해 칭찬을 많이 해줬다. 그런 칭찬을 듣고 싶어서 방학 내내 생각을 했지만 재료의 특성이나 상상력에 한계를 느꼈던 나는 만들기 상장을 받지 못했다.

여름방학 생활 그림 그리기 글짓기 분야에서 상을 탔다. 그러나 대부분의 친구들의 관심은 만들기였다. 독특한 만들기 작품에 감탄사를 쏟았기에 만들기 잘하는 친구는 친구들에게 머리 좋은 친구 미술 잘하는 친구로 인식이 되었다. 나도 그런 평가를 받고 싶었지만 초등학교를 졸업할 때까진 못 탔던 걸로 기억한다.

6학년 담임선생님은 문예부를 이끌던 분이셨다. 이숙자 선생님은 당시 글에 대해 문외한인 나를 글쓰기에 재미를 붙이게 해 주셨다. 칭찬이란 것을 받아보기 시작했던 것이다. 선생님은 글을 잘 쓰면 항상 칭찬해주셨고 선생님의 칭찬을 받는 그 날은 선생님의 수제자가 된 기분이 들어 나의 값어치가 승승장구하는 느낌이었다. 칭찬을 먹고 사는 하루의 일상을 느껴본 나는 선생님의 칭찬을 받기 위한 일들을 솔선수범으로 해냈던 것 같다.

"오늘 창문이 더러운 것 같은데……."

손이 번쩍 올라간다. 선생님의 칭찬에 대한 기회를 가지기 위한 생존전략이었다. 선생님은 아이들이 자발적으로 하는 것에 대해 칭찬을 더 많이 해 주셨다. 선생님은 정말 천사였다. 그런 선생님의 제자라는 것이 나를 더욱 짜릿하게 만들었다. 그러던 어느 날이었다. 친구들이

"너 뭐니?"

아이들 몇 명이 내가 나선다고 얘기를 하는 것이었다. 같이 청소를 하고 같이 놀기도 하던 친구들에게서 들은 얘기는 충격이었다. 나는 다만 선생님의 칭찬을 받고 싶다는 생각으로 했던 적극적인 행동들이 친구들에게는 나서는 것으로 보였던 것이다. 친구들의 평가가 나를 '나서기 좋아하는 친구'라 했다는 생각이 들자, 다시는 선생님이 아이들의 솔선수범 참여를 요구하는 일이 있을 때마다 손을 들지 못하게 했다. 그 이후로 나는 '평가'라는 아이들의 시선에 멀어지기 위해 조용히 지내게 되었다.

당시엔 왕따라는 것이 없었고, 친구들이 마음에 들지 않으면 잠시 놀지 않거나 기회가 되면 다시 노는 경우가 있었기에 한동안의 나의 조용함은 다시 친구들과 노는 기회를 얻었고, 친구들과 다시 즐거운 6학년 생활을 보냈던 것 같다. 한번 아이들이 평가한 나의 모습은 이후에 사회에 나가서도 선뜻 나서고 싶은 생각이 들었지만 주춤거리게

만드는 주된 원인이 되었으며 다른 사람의 평가에 신경을 쓰는 사람이 되었다.

한 녀석이 찾아왔다. 자신은 하고 싶은 것이 있는데 나서지를 못하겠다고 했다. 당시 나는 고등학교 컴퓨터부의 부장이었다. 내 밑의 후배는 연합 동아리의 정회원이 되고 싶어 했다. 당시 대구시내 컴퓨터 연합 동아리에 몇몇 학교가 있었다. 연합이었기 때문에 각 학교의 컴퓨터 부원이 전부 참여한다는 것은 무리가 있었다. 각 학교의 정회원이 학년별로 3명이 뽑혀서 대표로 참여하는 제도로 되어 있었다.

"선배님, 저는 연합동아리에 정회원이 되고 싶은데 친구들이 저를 어떻게 생각할지 몰라서 고민이 됩니다."

다른 학교의 그 녀석은 내가 정말 아끼는 후배였다. 호리호리한 키에 유머가 가득한 그 녀석은 당시의 김국진이라는 개그맨의 행동을 잘 흉내 내는 녀석이었다. 그녀석이 정회원이 되고 싶다는 생각을 하고 있지만 남자학교에서도 서로의 시선을 바라보는 것이 의식이 되는지 나를 찾아와 고민을 상담하고 있었다. 덩치가 큰 녀석의 고민에 나는 웃음이 났다. 한때 내가 겪었던 일들이 생각나 더욱 신중해졌다.

"정회원이 되고 싶은 이유가 있어?"

당시 남녀 공학은 대구에 하나만 있기에 연합동아리 활동은 남녀가 만날 수 있는 적당한 구실이 되었다. 우리 선배들 중에 사귀는 사람도 있었고, 우리 동기들 중에서도 서로가 관심을 가지는 친구들이 있었기에 혹시나 하는 마음에 물었다. 야망이 있는 녀석이었다. 자신의 학교에서 부장을 못했을 때 후회를 했다고 얘기했다. 부장을 챙기는 선배들의 모습을 보면서 자신도 챙김을 받고 싶었고, 동아리를 이끌 수 있는 자질이 있는지 확인을 하고 싶다고 했다. 당시 학교 동아리 부장 선거에도 망설이다 나가지 못했다고 얘기를 했다. 이번에 정회원 같은 경우는 여러 학교가 모여서 활동을 하는 거니 많은 사람을 만날 수도 있고, 뭔가를 계속 배울 수 있는 기회가 있을 것이라는 생각이 든다고 이야기를 했다. 정회원 뽑는 방식이 학교마다 달라서 스스로 하겠다고 얘기를 하라고 했다. 안하고 후회를 하는 것보다는 손을 번쩍 들고 나서라고 했다. 정회원은 한 번 되고 나면 바뀌는 일이 거의 없기 때문에 후회하지 않는 결정을 내리라고 했다.

첫 정회원 모임에 그 녀석은 그 자리에 있었다. 일학년 연합 대표가 되었다. 그 녀석을 보면서 나는 평가에서 자유로워질 수 있는 방법을 언뜻 알게 되었다. 그건 남의 눈에서 평가를 받는 것이 아니라 나 자신에 의한 평가에서 우위를 차지하는 것이다. 선생님의 칭찬에 목이 말라서 내가 하고자 했던 자진 신청은 후회 없는 것이었다. 다만 친구들이 선생님의 칭찬에 목말라 하면서도 나와 같은 행동을 하지 않았던 것이었다. 그 친구들이 평가한 건 자신이 하지 못한 것에 대한 후회를 나에 대한 비난으로 평가한 것이다. 그것을 그 녀석을 통해서 알게 된 것이다.

'평가'는 그 가치를 정하는 것이 될 수도 있지만 주체에 따라서 달라질 수 있다. 다른 사람의 평가에서 자유로울 수 있는 것은 나 자신의 평가에서 자유로우면 된다. 내가 하고자 하는 일들에 대한 평가를 제대로 한다면 다른 이들의 평가에 대해서도 나름대로의 기준으로 평가를 할 수 있는 능력을 가지게 될것이다. 지금 나는 내가 하고자 하는 일에 대한 평가를 먼저 한다. 다른 사람의 평가에서 자유로울 수 있는 것은 나에 대한 평가를 내가 하고, 다른 사람들의 평가를 좀 더 나은 마음가짐으로 재평가를 할 수 있기 때문이다. 더불어 사는 사회에서 튀는 행동으로 힘들어 할 수도 있다. 그 행동으로 인하여 다른 이들로부터 오해를 살 수도 있다. 오해를 힘들다고 속상해 하고 후회하는 것보다는 자신에 대한 떳떳한 평가를 제대로 할 수 있는 공부와 노력을 하는 적극적인 자세를 가지면 된다. 한번 뿐인 나의 인생 온전히 나답게 살기 위한 방법은 자존감 연습이다. 자존감을 위한 타인의 평가에서 자유로워지는 방법은 나에 대한 평가를 스스로 할 수 있는 자세를 가지면 된다. 나를 제일 잘 아는 것은 바로 나이기 때문이다. 오늘 스스로 나는 무엇을 잘 하는 사람인가에 대해 리스트를 만들고 평가를 해 보길 바란다.

자신감이 자존감인줄 알았다

불안과 두려움에 맞서는 연습을 하라

사람을 만나는 일은 참 설레고 좋은 기운을 얻는다. 중고등학생들과 수업을 하면 좋은 사람을 만나는 느낌이 든다. 친구에 대한 고민을 충실히 하는 모습에서 풋풋함이 느껴지고, 공부와 진로에 대한 진지한 고민과 걱정을 하는 모습에선 성장해 나가는 것을 확실히 느낄수 있다. 나또한 학생들과 이야기를 하면서 새로운 사고도 할 수 있고 소통이 되는 즐거움을 느낄 수 있어서 사람을 자주 만나고자 노력하고 있다.

"괜찮을까? 재롱 잔치 때 실수하진 않을까?"

유치원 재롱 잔치지만 아들의 성장이 기대되면서도 불안했다. 재롱 잔치 무대에서 혹여 실수나 하지 않을까 조마조마했던 것이다. 소심한 아들이 놀라서 멈추진 않을까 박자를 늦게 따라가진 않을까 온갖 걱정이 난무했다. 불안에 떠는 마음을 진정하며 보는 내내 아들만 쳐다봤다. 무대전체를 보는 것은 그날의 일이 아니었다. 무표정하지만 그 자리를 즐기는 듯한 아들은 엄마의 불안과는 전혀 상관없이 그날을 좋은 경험과 선물을 받는 좋은 날로 기억하고 있다. 왜 그렇게 불안해했을까? 대학 입시를 치루기 위한 시험을 치를 때도 불안한 마음이 이렇게 강하진 않았었다. 그건 아들이 재롱 잔치 무대에서 틀리게 되면 받을 상처를 미리 걱정한 것에서 기인했다. 소심하기에 마음에 상처를 받아 자존감을 잃을 것 같기 때문이었다. 자존감은 삶을 살아갈 때 가장 기본적이면서 강한 원동력이 되는 것을 알기 때문에 더욱 예민했던 것 같다.

불안한 기운으로 내가 하고자 하는 일을 하면 항상 실수가 찾아왔다. 더 잘하고 싶다고 생각하며 하는 일들은 실수를 안고 왔기에 불안은 부정적인 감정이라고 생각했다. 아이들과 하는 수업에서 혹여 모르는 문제가 나오면 실력이 낮다고 생각을 할 까봐 늘 불안했다. 수업 준비를 하면서 불안을 줄이긴 했지만 늘 공부하는 습관을 유지할 수 있었다. 하루에도 수십 문제를 풀면서 혼자서 설명 하는 연습을 했다. 그때의 불안함은 나를 수학에 대한 모든 문제를 섭렵하게 만들었고 설명하는 기술을 습득하게 하는 시간 투자를 하게 했다. 미국드라마나 친구를 만나는 타임 킬러의 행동들을 잠깐 멈출 수 있게 해 주었다. 불안은 나의 일부임을 받아들이면서 나는 조금 더 성장하는 사람이 될 수 있었다.

"선생님 제가 잘 할 수 있을까요?"

불안과 두려움이 섞인 목소리였다. Y는 중3때 공부를 하기 위해 온 녀석이다. 중1,2때 운동을 한다고 성적을 관리하지 않았기에 3학년 때의 노력으로 오른 성적은 인문계 고등학교를 가기에는 부족했다. 아쉽지만 특성화고를 선택해서 갔다. Y는 공부에 재미를 느꼈고 계속하고 싶어 했다. 특성화고 에서 1등급을 맞으며 그 기분을 유지하고자 했지만 환경이 따라 주지 않았다. 간절한 바람은 이뤄진다고 했다. 자신과 비슷한 생각을 가진 여학생 2명이 인문계 고등학교로 전학을 갔고 Y도 전학을 가겠다고 했다. 문제가 생겼다. 아들의 성격을 알기에 어머니가 전화를 하며 말려 달라고 했다.

'선택은 Y의 몫이다. 그 부분은 명확히 해야겠다.'

Y에게 선택은 네 몫이니 잘 생각해보라고 냉정하게 얘기했다. 녀석은 전학을 갔고 1년간의 힘든 시기를 겪는다는 충고를 받아들이며 미래에 대한 두려움을 극복하기 위해 공부에 매진했다. '두려움' 은 가보지 못한 길에 대한 막연한 감정이다. 새로운 곳에 대한 불안과 두려움은 꾸준히 노력하는 녀석을 멋지게 만들어 주는 원인이 되었다. Y

는 하루의 일과를 마치지 못할까 두려워하면서도 일과를 제대로 끝맺기 위해 사투를 벌였다. 하루를 제대로 보내면서 자신을 얻고 또 다른 하루를 보내면서 점점 앞으로 나아갔다. Y는 앞으로의 인생에 있어서도 이런 경험을 잘 활용하여 인생의 굴곡을 잘 헤쳐 나가리라 믿는다. 두려움을 극복하는 법을 체득했기 때문이다.

불안과 두려움은 부정적 감정이라고 생각하기 쉽다. 그러나 아이들과 함께 한 시간에서 느낀 불안과 두려움은 오히려 자극제가 되어 앞으로 향하게 했다. 나또한 불안한 마음이 있기에 지금도 내가 하는 수업에 대해 자신감을 가지는 공부를 꾸준히 하고 있다. 꾸준한 공부는 자부심을 선사했고 그런 모습을 보며 나를 이해하는 자존감이 높아짐을 느낄 수 있다. 불안에 대한 감정을 알고 잘 활용하는 사람이 된 것이다. 두려움은 나를 한층 더 앞으로 나아가게 했다

'잘 할 수 있을까? 지극히 평범하고 별 볼일 없는 내가 글을 쓴다는 게 가능한 일인가? 학생들과 함께 수업하고 발전하는 모습을 보는 것도 좋다. 나의 바람을 이루는것도 학생들에게 좋은 교육이 되지 않을까? 언젠가부터 학생들에게 얘기한 작가가 될 수 있을까?'

너무 좋아하는 현재의 일이지만 학생들의 마음을 알아차리고 인생에 중요한 시기를 같이 하는 시간들이 많기에 더욱 도움이 되고 싶었

자신감이 자존감인줄 알았다

다. 아이들에게 좋은 정보를 주고 다독여도 보고 상담도 하면서 '멘토'가 되겠다는 생각은 더욱 간절해졌다. 아이들을 위해서도 나를 위해서도 나는 앞으로 나아가고 싶었다. 오랜 숙원인 책 쓰기가 바로 그 길이었다. 책 쓰는 길은 너무 큰 변화라 두려웠다. 해낼 수 있을 것인가에 두려움, 아이들의 성적이나 마음을 상담하는 일들을 잘 녹이지 못하는 건 아닐까에 대한 두려움 등은 나를 한 발 짝 내딛기까지 많은 시간을 허비하게 했다. 데이비드는 가장 중요한 것은 기회를 잡는 것을 두려워 않는 것이다. 기억하라. 가장 큰 실패는 시도하지 않는 것이라고 말했다. 두려움은 더 이상 나를 잡지 못했다. 전문적인 교육 작가, 감정코치 작가가 되도록 해 준 것이다.

'불안과 두려움은 더 이상 나를 멈추게 하지 않는다.'

불안과 두려움의 감정은 내 삶의 일부이다. 오늘도 도태되지 않을까에 대한 불안으로 치열한 독서를 하고 수업준비를 하고 있다. 두려움은 하루하루 맡은 일들을 제대로 처리하지 못할 이유를 대지 못하게 하는 자각의 채찍질이다. 이 둘의 감정은 나의 삶에 긍정적인 영향을 더 많이 준다. 불안과 두려움을 잘 이용하면 충분히 좋은 효과를 얻을 수 있음을 보여 주는 것이다. 불안과 두려움을 잘 이용하기 위한 다음과 같은 방법을 소개한다.

첫째, 작은 것부터 바로 실천하자. 작은 실천이 성공을 하고 다음 작은 실천이 성공을 하다보면 내가 가고자 했던 그 길에 도착해 있을 것이다.

둘째, 할 수 있다고 수시로 반복하며 부족한 부분, 자신 없는 부분을 긍정으로 채워나가자.

'한책협'에서 만난 최고수 김태광 작가를 만나 글을 쓰는 법과 삶을 업그레이드 하기 위한 긍정적인 마음을 배웠다. 글을 쓰기 시작했고 긍정적인 마음을 습관화 함으로 할 수 있다는 말은 현실이 되었다. 불안과 두려움을 무기로 만들어 새로운 길로 나아가는 강력한 동력을 얻은 것이다.

셋째, 자신이 해낸 일들을 기록하며 스스로에게 보상을 해라. 보상은 물질적인 것이면 더욱 좋다. 눈으로 보고 만질 수 있으면 우리의 오감과 머리는 더 잘 기억하기 때문이다.

불안과 두려움은 이제 즐겁게 받아들여야 한다. 때때로 감정이 출렁거리기도 하겠지만 마음의 소리를 듣게 하는 청진기 같은 감정이라고 생각하면 충분히 즐길 수 있을 것이다. 내 삶의 온전한 주인이 되기 위한 연습을 시작하게 된 것이다.

좀 더 솔직하게 표현하고 행동하라

　　하고 싶은 말을 제대로 할 수 있다는 것도 능력이다. 자신의 생각을 제대로 표현하는 것도 능력이다. 내가 하고자 하는 말을 상대방이 정확히 이해하고 행동한다면 사람들 간의 오해나 자신에 대한 마음의 상태를 정확히 알 수 있지 않을까?

　　내 마음이 어떤 상태인가를 알 수 있는 가장 좋은 방법은 표현하는 것이다. '우리는 말 안 해도 눈빛만 보면 아는 사이야.' 라는 소리를 자주 듣게 된다. 정말 표현하지 않아도 다 알 수 있을까? 몸짓이나 눈빛으로 표현하고 있기 때문에 상대방은 오랜 경험에 의해서 알 수 있는 것이다. 만약 벽을 두고 눈만 보여준다면 상대방의 마음을 알기는 힘이 들 것이다. 소통을 하기 위해 표현은 반드시 필요하다. 표현에 있어서도 솔직하게 표현하는 것이 좋다.

　오랜만에 동생이랑 약속을 한 적이 있었다. 시집을 타 지역으로 간 동생이라 하루 종일 함께 하는 약속은 정말 오랜만이었다. 영화를 보고 밥을 먹기로 했다. 그 날 아침 아주 소중한 친구가 전화를 했다. 동생이랑 친구는 잘 아는 사이였기에 같이 만나자고 친구에게 얘기를 했고 친구는 흔쾌히 수락을 했다. 영화를 동생이랑 보고 난 뒤 점심시간에 친구가 나타나자 동생은 상당히 당황하는 기색이 보였다. 그 때 알 수 있었다. 동생에게 내 마음을 제대로 표현하지 않았다는 것을 말이다. 우선 친구도 보고 싶었고 친구는 이 시간이 아니면 언제 만날지 알 수가 없었다. 그 기회를 놓치고 싶지 않는 마음을 표현하지 않았다. 동생은 나를 이해해 주리라는 나만의 생각이 작용했기 때문이었다.

　'감정을 표현할 때는 객관적으로 하자.'

　동생이 나를 믿어 줄 것이라는 믿음을 확인하는 것이다. 동생에게 친구랑 약속을 잡을 수 밖에 없었다고 미리 양해를 구하지 못했다고 솔직히 얘기하며 사과를 해야 한다. 동생의 입장이라면 미안하다는 말과 함께 사과를 받고 싶은 상황임을 객관적으로 알 수 있기 때문이다. 객관적이지 않고 얼버무리며 넘어간다면 동생은 그날을 나쁜 감정으로 보낸 날로 기억을 할 것이다. 나또한 그런 습관을 형성해 나가는 것을 당연시 했을지도 모른다. 표현을 하지 않으면 내 마음의 상태를 오해할 수 있고 순간을 의도치 않게 만들 수 있음을 경험했다. 마음의 상태를 분석하고 솔직하게 표현하는 법을 익히기 위한 연습이 시작되었다.

'감정을 표현할 때는 자신을 믿으며 명확하게 하자.'

친구들과의 정기적인 만남에서 K는 항상 끝맺음이 애매모호했다. 정기적인 모임의 장소와 날짜를 정하는 시간에 한식을 먹자고 제안을 했다. 양식을 얘기하는 친구도 있었고, 일식을 얘기하는 친구도 있었다. 대다수가 한식을 얘기했다. K는

"한식이 좋긴 하지. 그런데, ….."

한참 뜸을 들이더니 결국에는 한식으로 가자고 얘기를 했다. K는 자신을 믿지 않는 듯했다. 자신의 생각을 얘기하면 우리가 K를 홀대하거나 비난을 할 거라는 생각을 가지고 있었다. 그래서 늘 우리의 의견에 따라왔다. 애매모호함은 우리들에게 충분히 농담거리가 되긴 했지만 예전의 내 모습을 보는 듯했다. 자신을 믿고 말을 정확하게 전달하는 연습을 꾸준히 하라고 했다. 습간이 되도록 노력한 K는 자신의 생각을 잘 진달하는 놀라움을 보여줬다. 그를보며 표현의 명확성을 중요하게 생각하게 되었다.

생각보다 좀 더 솔직하게 표현하기 위한 지침을 세웠지만 오랫동안

형성된 습관은 잘 고쳐지지 않았다. 특히 좋아하는 친구나 오랫동안 인연을 이어가고 싶다고 생각하는 이들에게는 더욱 지켜지지 않았다. 표현해야 할 순간에 제대로 못하고 나니 항상 뒤돌아서서 곱씹었다. 나는 솔직하게 표현하고 싶은 마음이 강했다. 표현해야 하는 순간에 집중하기로 했다.

항상 바쁘지만 살뜰히 나를 챙겨주는 선배에게 전화가 왔다.

"도서관이랬지? 우리 애들이 학원에서 지금 나올 시간인데 픽업해서 데리다 줄 수 있지? 도서관 나올 시간이지?"

선배의 말속엔 강한 부탁이 있었다. 이 순간을 집중해야 한다는 생각이 들었다.

"선배, 아직 해야 할 공부가 많아서 오늘은 안 되겠어요."

말을 하면서 제대로 했는지 확인을 했다. 내 마음을 표현하기 위해 필요한 기준을 체크했다. 객관적으로 명확하게 전달했는지 점검했다. 선배가 나를 보는 시선을 의식하지 않고 오로지 나를 바라보는 시선으로 나답게 얘기를 했다. 한 번의 시도는 자신감을 안겨줬다. 모두의 호감을 사기 위한 거짓된 표현이 아니라 나를 믿고 행한 첫 시도는 상당히 강한 영향을 미쳤다. 같이 수업하는 학생인 G가 있었다.

"선생님, 친구가 지금 빨리 샤프를 갖다 달래요."

어이가 없었다. 20분 되는 거리를 샤프를 갖다 달라고 전화를 하는 친구도 이해가 되지 않았고 그 샤프를 맡아준 G가 갔다 줘야 한다고 울먹이는 것도 이해가 되지 않았다. 솔직히 물었다. 왜 샤프를 갖다 줘야 하는지를 물었다. 그 친구가 정말 좋아하는 샤프라서 갖다 줘야 한다고 했다. G는 너무 친하고 그 친구랑 평생 연락하고 싶다며 얘기를 했다.

"사실 내일 학교에서 주고 싶은데 이 얘길 하면 친구가 싫어할까봐 겁나요."

웃음이 났다. 예전의 내 모습이 여기에 또 있었다. G에게 얘기했다. 정말 소중한 친구라면 그런 얘기를 하지 않는다고 친구를 위해서가 아니라 너를 위해 내일 학교에 일찍 가서 주겠다고 얘기하라고 했다. 우물쭈물하며 가만히 있는 학생에게 폰을 건네줬다. 내가 보고 있으니 얘기를 띄엄띄엄 말을 하면서도 끝까지 이어갔다. 간신히 말을 끝마친 학생의 입가에 웃음이 보였다. 첫 번째 성공이 시작되었다. G는 나보다 빨리 자신의 표현을 정확하게 전달하기 시작했다. 친구를 향하던 모든 것들이 조금씩 자신을 기준으로 바뀌는 모습에서 내 마음도 흡족했다. 표현의 기본은 자기 자신의 마음상태를 제대로 이해하는 것이다. 자신의 마음이 정확히 무엇을 말하는지를 알아야 한다. 표현함에 있어서도 객관적이며 명확하게 말하는 연습은 필수다. G는 연습을 하면서 더욱 밝고 활기찬 모습을 보여주고 있다. 그런 G를 보며 나또한 나답게 사는 법을 연습하고 있다.

심리학에서 '자이가르' 효과라는 것이 있다. 마음에 미해결된 부분에 신경을 쓰는 사람의 심리 상태를 나타내는 말이다. 예를 들어 점원이 손님의 주문을 받아 주방장에게 제대로 전달했다면 그 주문은 점원에게 기억이 나질 않는다고 한다. 만약 손님의 주문을 다 받아 전달해 주지 못했거나 실수가 있었다면 그것을 계속 마음에 담아주는 효과가 바로 '자이가르' 효과다. '자이가르' 효과처럼 마음에 쌓아 둘 일을 만들기 않기 위해 좀 더 솔직하게 표현하고 행동하자. 삶은 정해진 시간이고 그 시간을 곱씹는 후회는 없어야 한다. 세상에 완벽한 사람은 없다. 시간이 걸려도 표현을 명확하게 하면서 자신을 나타내는 일은 삶의 자세에 대한 좋은 변화이다. 이 변화로 정해진 시간을 더 유용하게 쓴다면 좋은 일이라 생각한다.

남에게 듣고 싶은 말을 스스로에게 하라

●

"나는 할 수 있어. 다시 시작하자."

만화 속 주인공이 극한 상황에서도 다시 일어서고자 한다. 자신만의 술법을 만들어낸다. '나루토'라는 애니메이션의 주인공 나루토의 수행 장면이다. 자신이 연습한 과정의 흔적이 산과 바닥에 군데군데 구멍을 만들었고 자신의 땀 냄새가 배여 있는 훈련장을 지켜보는 나루토의 눈을 보며 나는 뜨거운 눈물을 흘린다. 얼마나 힘들었을까. 그 과정을 견뎌낸 너에게 '멋진 녀석'이야 되뇌이며 애니메이션을 계속 봤던 기억이 난다.

"빠바밤 빠바밤……"

실버스타 스텔론의 '럭키' 시리즈의 노래이다. 새벽이 오기도 전에 조깅을 시작하면 해도 조깅하듯이 급하게 떠오른다. 자신의 무게로도 힘이 들 타이어를 몇 개씩 끌면서 걷는 모습이 나오고 샌드백을 열심히 치며 연습하는 모습을 이 음악과 함께 보여준다. 한 사람의 노력이 음악에 배어서 잘 전달이 된다. 결전의 시간 그도 상대편도 최선을 다해 싸운다. 잠시 그를 위험에 빠뜨리는 순간이 오지만 그동안 해온 노력을 파노라마처럼 보여주며 승리를 이끌어낸다. 영화에 빠져들어 격한 감정을 느끼는 순간 눈물이 지쳐 없이 흘러버린다. 닦을 준비도 할 수 없이. 이 영화는 어릴 적에 많이 본 영화이다. 그냥 재미있었다. 열심히 하면 무엇이든 이룰 수 있다는 생각을 전해주었다. TV에 방영만 하면 처음 본 것처럼 열심히 본 영화이다. 다시 또 보고 싶다. 그의 노력과 영광의 순간을 만끽하고 싶다.

세월은 사람을 변하게 한다. 최근엔 그의 연습 과정을 보고 결전을 시작하는 장면에서 뜨거운 눈시울을 느낀다. 넘어 질 땐 몸의 떨림이 느껴지고 이겼을 땐 벅찬 감정에 반응하는 눈물을 흘린다. 눈이 잘못된 건지 눈물은 통제가 되지 않는다. 40대가 되면서 감정에 충실해지는 나를 느낀다. 누군가 내가 흐느끼는 모습을 보면 안 된다. 아파하는 모습을 보이면 약해 보인다는 생각에 감정을 감추기 바빴다. 감정은 어느새 스스로 튀어나와 눈물을 보인다. 감정도 나이가 들면서 하고 싶은 대로 하는 것 같다.

"사는데 힘들었지? 수고했어!"

머릿속에 맴도는 말이 불쑥 튀어나왔다. 내 머리가 듣고 싶었던 말을 가슴이 더 먼저 느끼며 표현한 것이다. 마음속 깊은 곳에서 울리던 그 말을 주인공에서 투사하여 눈물을 흘리고 있었다. 느닷없이 수고했다는 말을 하면서 나를 위로하고 싶은 것이다. 누구나 살면서 어려운 순간들이 있었을 것이고, 최선을 다하기 위해 노력을 했을 것이다. 결과가 좋든 나쁘든 자전거를 타고 완주하기 위해서는 다리를 열심히 움직여야 한다. 중간지점에서 멈추든, 완주를 하던 다리는 묵묵히 제할 일을 하고 있었을 것이다. 최선을 다한 다리를 보기 보다는 완주했다는 결과에 기뻐할 것이다. 중간지점에서 멈추었다면 탈락했다는 상실감에 빠져 왜 달성하지 못했는지에 대한 원인을 분석하며 시간을 보냈을 것이다. 이젠 수고한 다리를 바라볼 수 있다. 무엇이 더 소중한 것인지를 알게 되었기 때문이다. 삶을 향해향해 걸어가는 다리를 보며 인생을 생각하는 마음과 머리가 나를 향하고 얘길 하는것을 들. 을수있기에.

"다리야 수고했어. 참 달려 왔어."

살아오면서 다리가 보이기 시작한 것이다. 다리에 대한 고마움을 감정이 먼저 알아챈 것이다. 주인공을 보며 주인공의 행동에 마음이 따라가고 울컥해지는 감정과 함께 소리 내어 우는 자신을 느꼈다. 마음이 감정을 앞세워 삶에 대한 순화작용을 하는 것 같았다. 어려움도 추억 속에 넣어두며 좋은 부분만을 확대하여 기억하는 자신을 발견했다. 삶의 결과에 맞춘 반응이 아니라 과정에서 선택하고 노력했던 감정과 생각을 느끼고자 하는 나를 발견한 것이다. '나루토'의 성장을 바라보며 최고의 자리에 오른 결과보다는 순간순간 최선을 다하며 자신을 완성해 가는 모습에 더 감동을 받은 것이다. 누가 뭐래도 나 자신이 알고 있었다. 남이 아닌 내가 인정하고 칭찬하는 것이 더 중요하다는 것을 말이다.

밤을 새며 공부를 하고 장학금 증서를 내밀며 듣고 싶었던 '장하다 내 딸'

세상에 내 목숨처럼 귀한 친구와의 진솔한 얘기와 고민을 나누며 '네가 있어 다행이야'라는 친구의 고마운 목소리

친구에 대해 두렵기만 했던 학생이 친구들을 많이 사귀고 서로 챙기는 알뜰한 생활을 하면서 학생이 건네는 '선생님은 저에게 멘토예요.'

나의 가치를 인정하는 말들이다. 이런 말들을 가까운 사람들에게 들었다. 내가 필요한 존재라는 사실을 다른 사람들에게 확인받고자 한 마음이 깔려 있었다. '존재가치'를 표현하는 말을 듣고자 치열하게 공부했고, 친구를 만나기 위해 늦은 밤 몇 시간을 운전해 가는 열

정을 보였다. 지금 하는 일에서 아이들이 나를 만나 더 나아지고 더 행복하기를 바라고자 칭찬도 하고 고민도 듣고 치열하게 해결책을 찾았던 것이다. '존재가치'를 계속적으로 확인하고픈 기본 욕구가 나를 열성적으로 만들었다. 타인이 없다면 만들어지지 않을 것이다. 그러나 존재가치는 자신이 인정하는 것이다. 달리기를 완주하기 위해 조깅으로 매일 단련을 하고 힘든 과정을 견뎌내고자 했던 각오와 조언을 구하는 과정을 기억하고 인정하면 되는 것이다.

이제는 말 할 수 있다. '정승민'이라는 내 마음속의 자아와 마주할 수 있는 용기가 있기에 내 마음과 몸이 듣고 싶어 하는 말을 자연스럽게 할 수 있다. 타인이 해 주길 바라며 행동을 하고 결과까지도 타인을 바라보며 기다렸던 나였다. 이젠 삶을 내 것으로 만들기 위해 독서를 하고 배운 것을 실천하는 기준을 만들었다. 온전히 나답게 살기 위한 연습을 충실히 하고 있다. 오늘도 큰 소리로 자랑스럽게 얘기한다.

"정승민! 너라서 다행이다. 참 열심히 살고 있어. '학생들의 멘토'라는 말을 학생에게 듣는 다는 건 최고의 보상이야. 멘토가 되기 위해 얼마나 많은 노력을 하는지 잘 알고 있어. 나를 만나는 사람이 더 행복하고 나아지길 바라는 너 괜찮은 사람이야. 지금은 그렇게 하고 싶던 글을 쓰고 있잖아. 글을 쓰면서 네 마음이 감사와 확신으로 채워지는구나. 너이기에 가능한 거야. 사랑해, 고마워, 감사해."

남에게 듣고 싶은 말을 스스로에게 하라. 삶이 든든해지는 느낌을 얻을 수 있으며 지금하고 있는 행동과 감정이 더 소중하고 진지해 질 것이다. 나를 향한 고백은 칭찬과 함께 하루를 시작하기를 바란다.

내 마음의 주인으로
살기위한
7가지 마음 훈련법

Confidence
Self-esteem

나의 가치관 바로 세우기

●

공자는 나이에 대해 40세는 불혹(不惑), 50세는 지천명(知天命), 60세는 이순(耳順)이라고 했다. 40세는 유혹에 굴하지 말라고 했고, 50세는 하늘의 뜻을 알라고 했으며, 60세는 남의 말을 듣고 화내지 말라는 뜻으로 나이를 명칭했다. 나이가 40이 넘어서면서 불혹이라고 했는데 유혹을 참는 다는 것이 쉽지 않은 일임을 알게 된다.

잘난 사람이 되고 싶었다. 부모님에게 잘하는 딸, 남편에게 힘이 되어 줄 수 있는 든든한 아내, 아이의 본보기가 되는 멘토 같은 부모, 나에게 수업을 듣는 아이들에게 멘토 같은 선생님이 되는 잘난 사람이 되고 싶었다. 보이는 모습도 중요했고, 실제로 보이고 싶은 부분도 잘나기를 바랐었지만 바램과 결과는 정비례가 되지 못했다.

"먹어야 잘 살지!"

40년 동안 이 말 하나로 정말 잘 먹었다. 가장 기본적인 욕구에 대한 조절을 못하는 자신이 싫으면서도 늘 이 말을 하면서 먹는 것에 집중을 했었다. 마음의 소리는 전혀 듣지 못했다. 먹는 기쁨 하나만 보고 있었기 때문이다. 삶에 대한 진중함을 알기도 전에 자신의 몸부터 포기해버린 스스로에게 희망을 찾기는 늘 미뤄지는 게으름 리스트의 우선순위일 뿐이었다. 우연히 서점에서 익숙한 이름 하나를 발견하고 책을 펼쳤다. 나폴레온 힐의 《결국 당신은 이길 것이다》라는 책이었다. 나폴레온 힐도 적극적인 방황의 시간이 있었고, 그 속에서 자신의 또 다른 자아와의 대화를 하는 부분이 나의 호기심을 자극했다. 내용 중에서 자신을 다스리지 못하는 사람이 범하는 세 가지 욕구가 나왔다. 첫 번째가 음식에 대한 욕구였다.

"내 삶에서 음식에 대한 욕구부터 조절을 못한 것이 자신을 다스리지 못한 첫 번째 욕구일 정도로 중요하고 흔한 것이라니. 참 제대로 못살았구나!"

40대에 걸맞은 불혹을 유지하면서 오랫동안 자신을 다스리지 못한 결과인 음식에 대한 욕구를 조절하기로 했다. 마음을 다스리기 위한 첫 번째 발을 내딛었다. 나이를 들먹이면서 뭔가 바뀌길 바란다는 건 중요한 일이었다. 내가 가고자 하는 길 내가 되고자 하는 길에 우선 과제로 나의 모습을 진정으로 찾는 것이 시급하다는 것을 알게 되었기 때문이다. 명확한 목표를 찾는 일 그것이 첫 번째 의무였다. 내 인생의 중요한 삶의 주인으로 살기 위한 첫 번째 행동과정은 목표 즉 가치관을 바로 세우는 일이었다.

'내가 정말 바라는 것은 무엇인가? 인생을 살면서 잘 살았다고 얘기할 수 있는 기준은 무엇인가?'

고등학교 시절부터 간절한 일이 있었다. 자질 면에서 부족하고 경제면에서 성공하기 힘들 것이라는 결론에 도달해 포기한 글쓰기였다. 글을 쓰고 싶은 이유가 무엇인가를 생각하니 딱 하나 '다른 사람에게 도움이 되는 기준을 줄 수 있는 나'가 되는 것이었다. 기준이 바로 선다는 것은 무엇을 의미하는 것일까? 일기장에 수십 번씩 되뇌면서 답을 찾아갔다. 있는 그대로의 자신을 바로 볼 수 있고 현재의 자신을 사랑하는 것이었다. 내 주위의 모든 것들을 여유롭게 바라 볼 수 있고, 호기심 가득한 시선으로 내 마음의 상태를 살아있게 유지하는 것이었다. 가치관을 바로 세우고 기준에 따라 생활하는 것은 앞으로의 나의 모습에 큰 변화를 줄 것이라는 것을 예상할 수 있었다. 책을 읽는 것과 토론하는 것 그리고 글을 쓰는 것은 내 꿈을 위해 달려가는 방법들이지만, 글을 읽고 토론하는 것은 글에 대한 나의 생각과 다른 사람의 생각을 소화하는 과정이고, 글을 쓴다는 것은 섭취한 영양소를 올바른 기관으로 내보내고 그것을 '내것'으로 만든다는 것을 의미한다. '내것'이 바로 나의 가치관이 될 것이고 삶은 '내것'이 쌓여가는 축적물의 결과가 될 것이다.

늦은 밤 수업을 마치고 허기진 배를 달래기 위해 집을 나섰다. 따끈한 국물에 어묵 한 사발을 먹으면 간단히 해결될 거라는 생각에 집을 나섰다. 공원을 가로질러 갈려고 하는데

"야, 너 눈을 어디다 뜨고 다니니?"

중학생 되는 여학생들이 중간에 한 명을 몰아넣고 얘기를 하고 있었다. 궁금한 마음에 가던 길을 멈추고 가까운 벤치에 앉았다. 중간에 있는 여학생이 지나가다 한 여학생을 쳤는데 그게 화근이었다. 갑작스럽게 어깨가 아프다며 화를 내는 소리에 스마트폰을 보며 지나가던 여학생이 눈을 동그랗게 뜨며 쳐다봤다. 여학생 4명이 지나가는 여학생을 칠 것 같았다. 살포시 일어나 그 쪽으로 갈려고 했다.

"선생님, 안녕하세요!"

4명중에 한 명이 밝은 목소리로 인사를 했다. 전에 수업을 받다가 공부하고 자신은 안 맞는다면서 나간 친구였다. 종종 문자도 보내고 착한 성향의 친구라 참 좋아했었다. 그 친구가 나를 보며 인사를 해서 깜짝 놀랐다. 인사를 받고서는 더 이상 물어보거나 뭐라고 말을 할 수 없었다. 인사한 녀석은 인맥이 넓기도 하고 착해서 별 탈이 없을 것이

라는 생각이 들어 돌아섰다. 그 여학생은 나에게 친구들을 많이 소개해줬고, 지금도 다니는 친구들이 많아서 찝찝한 마음을 안고 돌아설 수 밖에 없었다. 한참을 가다가 내 마음이 허락하지 않는 일을 하고 싶지 않다는 생각이 들었다. 내가 되고자 하는 아이들의 멘토는 이런 것이 아니었다. 내가 생각하는 정의를 이렇게 묵과 할 수 없어 빠르게 돌아갔다. 그 사이 아이들은 없었다. 나를 보고 다른 곳으로 이동을 한 건지 그냥 그렇게 마무리가 된건지 알 수는 없었다. 무엇보다 내 마음의 소리를 조금이라도 무시하며, 나의 이익을 생각해서 돌아섰다는 행동이 부끄러울 뿐이었다.

공원 곳곳에 달려있는 CCTV보다 내 마음 속에서 키우고 있는 가치관이 먼저였다. 공원에 나의 제자들도 있고, 내 아들도 있고, 내 아들의 친구도 있는 그곳에서 떳떳하고 안하고는 내 마음의 잣대의 기준이 엄격히 적용되어야 한다는 생각이 강했다. 허기진 배보다 내 자신에게 미안한 행동을 했다는 생각에 마음이 허했다. 한동안 벤치에 앉아서 이리저리 둘러보며 마음을 달랬지만 마음의 고요한 정적이 무서울 만큼 내 자신을 째려보는 걸 느꼈다.

내 삶의 주인공으로 살기 위한 노력을 위해서는 마음에 새겨둔 가치관을 제대로 점검하고 이행하는 것이다. 40대의 새로운 시작을 내가 하고자 하는 일들로 충만한 삶을 살기 위해선

'스스로에게 부끄럽지 않은 사람이 되자.'

책상 앞에 쓴 글을 바라보며 음식에 대한 욕구를 조절하고자 한다. 음식에 대한 욕구를 조절하며 자제력을 키우는 모습을 상상하니 건강한 삶이 선물로 들어온 듯하다. 삶의 한 가운데에서 스스로를 이해하고 사랑하는 자존감을 가진 불혹의 여인이 된다. 내 마음속의 나는 어느덧 든든한 지원군이자 소중한 친구이며 상담가였다. 내 마음의 소리를 듣게 된 책 쓰기는 나를 한 소 뜸 들이는 숙성의 시간을 선물해 줬다. 숙성의 시간에 나의 가치관을 양념 삼아 내 삶을 아주 맛있게 요리하는 자신을 생각하니 가슴이 뛴다. 가치관은 바로 내 마음의 소리를 들으면 된다, 우리는 어른들의 모습에서 옳고 그른 것을 구별 할 줄 알게 되었고, 사람들과의 관계에서 사회적 정의를 품은 가치관들을 많이 접했다. 마음의 소리는 어쩜 우리가 아는 것보다 더 올바른 가치관을 가지고 있을 것이다. 나의 가치관을 바로 세우고 행동 할 수 있는 시간들을 조금씩 늘려가 보자. 자존감이라는 강력한 삶의 무기를 다룰 수 있도록.

커피 한잔의 명상을 나에게 선물하기

향긋하면서 담백한 커피향이 온 집안에 번지기 시작하면 나는 커피숍에 온 듯한 설렘을 느낀다. 빈속에 마치는 첫 모금은

"Beautiful my life!"

감탄이 절로 나오는 아침이다. 살포시 들어오는 햇살이 내 발 앞에 까지 다가오면 세상을 포용하기 위한 너그러운 마음이 준비되어 하루 일과를 그림 그리듯 생각한다.

"이젠 책 쓰기가 답이다."

최근에 강렬하게 내 삶을 가치 있게 만드는 마법주문이다. 하나의 단락이라도 글을 쓰기를 바라며 세상이 전하는 이야기를 듣기 위해 두 번째 모금을 마신다. '혼자 있는 시간' 이 어색하지 않는 나의 집, 집을 벗어나면 물을 마시는 것도 어색하고 '혼자' 라는 것에 신경을

집중하느라 빨리 지친다. 용무를 빨리 보고 집으로 가고자 하는 마음이 간절해진다. 식사 시간이 걸리면 '혼밥'이라는 말이 목구멍에 걸려 눈물이 난다. 혼밥이 익숙한 사람들이 많은데 왜 난 말만 들어도 외로움이 밀려오고 밥을 굶는 게 낫다는 생각을 하게 될까? 유일하게 밥을 혼밥으로 먹어도 어색하지 않는 곳은 차 안이다. 이 곳 또한 나만의 왕국을 뜻하는 곳으로 남의 시선도 필요 없고 시간에 구속받지 않는 자유가 있어서 어색하지 않는 걸까?

책을 쓰면서 생각하게 된 나 자신에 대한 관찰은 상당히 인생을 풍요롭게 한다. '한책협'은 더 나은 곳으로 향할 수 있는 성장의 기회와 자신에 대한 확신 그리고 우주의 좋은 기운들이 넘쳐나는 곳이다. '한책협'을 알게 되어 내 삶도 이렇게 한잔의 향긋함으로 시작한다. 향긋한 냄새와 함께 따스한 햇살이 성큼 내 앞으로 다가와 이젠 뒷모습은 그늘에 앞모습은 햇빛에 안겨 있다. 이런 풍경이 낯설지 않을 만큼 나는 나 자신과의 대화가 즐겁다. 나 자신과의 대화를 자주 즐거운 시간으로 만들수록 함으로써 삶의 주인공으로 당당히 등장하는 것을 느낄 수 있다.

"하루를 어떻게 보내니?"

수업을 하다가 아이들에게 물었다. 수업 준비를 하던 아이들이 눈을 동그랗게 뜨고 쳐다본다. '어렵게 눈을 떠서 핸드폰 알람을 끈다.

씻으면서 화장을 하던 때도 있지만, 고등학생이 되니 그냥 맨얼굴에 마스크 하나면 된다' 는 아이들. 학교 통학용 차를 타고 가면서 약간 남아있던 잠을 깨우면서 그날의 수다를 시작한다. 학교에 도착해선 수업시간에 즐거운 일들을 얘기하며 좋아하는 선생님의 수업이냐에 따라 자세가 달라진다. 수업시간에 잠을 자도 선생님의 진도는 계속된다고 한다. 그렇게 맞이하는 꿀맛 같은 휴식시간 아래 위층을 왔다 갔다하는 활발함을 보인다. 오후 수업과 석식 야자시간은 서서히 하루를 마감하는 것이 아니라 야자시간의 부당함과 공부를 하고 싶지 않은데도 앉아 있어야 하는 자신들의 처지를 생각하며 킬링타임을 가진다고 한다. 시험기간에 촉박해서야 그 시간을 제대로 활용할 수 있다고 하니 한번 뿐인 시간을 낭비하는 것 같아 속상했다. 아이들이 수업을 들으면서 뭐라도 건져가길 바라는 내 마음은 다시금 아이들의 일상 속에 대한 질문을 던진다.

"주어진 시간을 막 보내는 것 같지 않아?"

한 녀석이 얘기를 한다.

"할 수 있는게 없으니 그냥 제도 안에서 제가 하고 싶은 걸 못하잖아요. 야자시간에 앉아 있는 것 보다는 집에서 자는 게 더 나은데 선택이 안 되고 편안하게 집의 책상에서 공부하고 싶어도 학교 책상에 앉아 있어야 되니 그냥 낙서나 주어진 숙제하는 걸로 만족해요."

아이들의 얘기가 대략 비슷했다. 나또한 저 시기를 지나왔지만 시간을 그렇게 많이 죽이지는 않았던 것 같다. 공부가 안 되면 책을 읽다가 선생님께 혼이 났던 것도 같고, 가끔은 다른 반 창문가에서 귀신놀이도 하는 장난꾸러기의 모습도 지녔던 것 같다. 좋은 기억이 전체를 덮어 버리는 경우는 많다. 나의 고등학교 시절도 그럴 수 있다. 어디에선가 본 글이었다. 여름 방학 내내 집에서 보내고 재미가 없게 보냈지만 방학 중 2-3일을 아주 신나게 경험을 했다면 다음 여름 방학은 얼마나 즐겁게 지낼 수 있을까? 라고 생각하는 경향이 있다고 했다. 나또한 고등학교의 좋은 기억들이 많아서 힘든 부분은 잊혀 진 것은 아닌가 하는 생각을 해본다. 아이들과 함께 하루에 대한 생각을 해보면서 우리가 얼마나 시간을 소중히 여기지 않는지 알게 되었다. 너무나 공평한 하루의 24시간, 그 24시간을 사람에 따라 25시간처럼 쓰는 경우가 있고, 18시간처럼 쓰는 경우도 있다. 시간의 활용을 제대로 하는 방법은 시간배분이다. 시간에 대한 세세한 기록과 함께 행동을 함께 하면 금상첨화이지만 시간에 대한 계획이나 실천이 없던 나같은 사람에겐 어색하고 힘든 일이다. 삶의 주인공으로 살기 위해선 주어진 24시간을 최대한 잘 활용하는 것이 중요하다. 시간배분에 대한 생각을 해야 할 최적의 시기라는 생각이든다. 삶의 주인공이 되기 위해서.

"아침에 5분, 저녁에 5분만이라도 조용히 생각을 하자."

커피 한잔을 마시면서 향긋함을 느끼다. 멍하게 보내던 그 짧은 시간을 따뜻함을 느끼며 하루의 시작을 감사함과 향긋함으로 시작하는 습관을 만들고 있다. 5분이라는 시간은 약간은 더디게 가는지 하루일과를 생각하게 된다. 아이들의 수업준비나 아이들의 행동이 달라진 건 없는지 요즘 아이들의 마음이 어디로 향하는지를 파악할 수 있고 그날 저녁의 일들을 미리 실행한다. 아이들의 웃음소리와 행동들이 떠오르면서 열심히 설명하는 모습을 더욱 세심하게 그려본다. 아침의 커피 한잔의 명상은 삶을 충만하게 만드는 선물이다. 나를 향한 향긋한 선물은 마음을 여유롭게 해주고 자신감을 가지는 자세를 만들었다.

여유로움을 느끼는 마음은 자신을 돌아볼 수 있고 객관화 할 수 있는 힘을 가지게 된다. 5분은 아주 소중한 시간이다. 이 5분의 명상이 하루의 활동적인 시간들을 최적의 효과로 이어지는 경험을 해 보길 바란다. 내가 보낸 5분이 쌓이면 한 달이면 150분, 6일하고 6시간이다. 이것이 십년 이십년이 되면 얼마나 많은 시간이 되겠는가? 이 5분의 투자가 내 삶의 주인공으로 살기위한 자동차 열쇠가 될 것이다. 5분이라는 삶의 열쇠가 제대로 작동된다면 추월차선을 달릴 수 있고, 비탈진 길을 달리더라도 힘들지 않을 수 있다. 적극 추천하고 싶은 마음 훈련법이다.

시작은 미비하나 그 끝은 장렬하리라는 말처럼 잠자기 전의 5분도 활용해 보자. 잠자기 전의 5분을 감사로서 정리하고자 했다. 4개월 정도 꾸준히 실천하고 있다. 처음엔 3줄이라도 다이어리에 꼭 좋은 일들을 쓰도록 노력했다. 너무 피곤하고 힘든 일이 있어도 좋은 점을 찾고자 노력을 했다. 좋은 점을 찾으려는 마음가짐은 행복한 사람으로 만들어 주었다. 끝을 행복한 사람으로 마감을 하니 아침에 일어나는 기분 또한 좋았다. 다이어리에 쓰지 못하는 날이 생겨도 힘들지 않았다. 지금은 꼭 쓰는 것이 중요한 것이 아니라 좋았던 일들을 생각하는 노력만으로도 행복한 자신을 발견 할수 있기 때문이다. 잠자리에 누워서 5분만이라도 좋은 기억들로 감사하는 마음을 지니고 자기를 부탁한다. 끝맺음을 감사함으로 만들면 하루는 감사한 일들이 쌓여서 삶의 부가 늘어나고 있을 것이기에 적극적으로 권하고 싶다.

　머리를 베개에 누워 잠을 청하는 순간을 의식적으로 감사한 일들로 채워 넣으려는 습관은 내 삶의 주인공이 되는 최고의 자동차 열쇠를 가지는 것이다. 아침 5분, 저녁 5분을 잘 이행한 한 주라면 평상시 가고 싶었던 커피숍이나 장소에서 일주일을 돌이켜보는 즐거운 사치를 부려도 좋다. 쉬운것같지만 자신과의 약속을 지키기위한 의식적인 행동은 지나치기 싶기에 즐거운 사치는 반드시 있어야한다. 이런 사치를 누리기 위해 오늘도 커피 한잔과 명상을 나에게 선물한다.

지금 내가 할 수 있는 일에 집중하기

●

　사랑하는 아내와 세상을 나올 준비가 다 된 뱃속의 아이를 교통
사고로 잃은 젊은 경찰.

　삶의 희망을 버린 릭은 경찰 업무를 하면서 죽기를 바란다. 그에게
있어 죽음은 사랑하는 사람들에게 가는 골든 티켓이기 때문이다. 그
의 파트너 머토는 세 명의 아들딸과 사랑하는 아내를 가진 미국 중산
층의 행복한 남자다. 두 사람이 파트너가 되어 사건을 해결하는 미국
드라마의 주인공들이다. 죽지 못해 사는 것은 젊은 경찰에겐 술과 무
모함만을 발생시키는 사고뭉치의 포식이 따라다닌다. 그런 그를 바라
보는 파트너는 젊은 경찰의 아픔을 어루만지며 특유의 재치 발랄함을
보여준다. 젊은 경찰의 삶에 서서히 비집고 들어가는 모습을 보면　마
음속의 아린 부분을 시원하게 만들어 주기도 한다. 나의 힐링 방법으

로 미국드라마를 선택한 이유이다.

릭은 일을 처리하는 방식에서 자신의 마음을 투영한다. 그에겐 늘 위기가 따라다니고 아내와의 사랑했던 기억에 모든 것들이 집중 되어 있다. 그런 그가 조금씩 변할 수 있는 건 자신의 마음을 표출할 수 있는 일에 집중을 하면서 파트너 머토와 일상의 토닥거림을 누리기 때문이다. 마음을 조금씩 치유해 가는 모습이 잔잔히 나타나는 드라마이다. 너무 힘들면 지금 내가 힐 수 있는 일에 집중하는 것이 도움이 된다는 것을 이 드라마에서 알 수 있다.

"2003년 3월 4일 S통신 휴대폰 대리점 살해사건 용의자 검거."

머리가 쭈뼛쭈뼛 서는 일이다. 지금도 이 일을 생각하면 가슴이 먹먹하고 어둠이 싫어진다. 이동통신 대리점 일을 시작하면서 함께 한 상사이자 삼촌 같은 분이었다. 마음이 여려서 여직원들이 배고프다고 하면 맛있는 것을 사주고 동네 어르신들이 매장을 방문하면 제일 먼저 찾는 분이 부장님이었다. 부장님이 매장을 하나 따로 운영하면서 거리상으로는 멀리 떨어지게 되었다. 소장님이 되면서 1달에 한번 회식자리에서 보는 것이 다였다. 몇 년을 같이 일한 사이었기에 늘 친근했던 분이었다. 아침마다 전화로 확인을 하던 업무를 그날은 받지 않았다. 이상하다 생각하면서 넘어가 버렸다. 누군가에게 확인해 달라

요청을 했으면 살 수도 있었을지도 모른다. 주위의 사람들도 찰나의 기회가 있었다고 스스로 자책을 하던 충격적인 사건이었다. 너무 놀랍고 너무 무서워서 집 밖을 나서질 못했다. 동생이 우리 집에 와서 살 정도였다.

'사람의 목숨은 하늘이 정하는 거야!'

누군가가 내게 말을 했다. 장례식장에서 환하게 웃는 영정 사이로 얼마나 처참하게 죽었는지 얘기를 듣게 되면서 감정은 극도로 나를 쥐어짰다. 시간이 흐를수록 소장님에 대한 생각이 내 생활의 모든 것들을 지배하기 시작했다. 밖을 나갈 일이 있어도 햇살이 비치는 잠깐 동안의 시간에 처리를 했다. 점점 더 강해지는 그날 아침에 대한 나의 후회는 모든 것을 집어 삼키며 순간적으로 숨을 못 쉬게 했다. 동생은 학교에 간 시간이라 미칠 것만 같았다.

'평상시라면 넘어갔을 일이잖아. 전화를 해서 안 받으면 청소하는 시간이라 생각하는 게 당연한 거잖아. 어쩔 수 없는 거였어.'

스스로에게 말을 하고 있었다. 살고 싶었다. 나는 지금 현재를 살아야 했다. 남편과 나를 위해 함께 있어주는 동생을 생각해야 했다. 눈에 보이는 것들을 청소하기 시작했다. 머리에 뭔가가 생각나려고 하면 머리를 흔들며 노래를 했다. 눈앞을 떠다니는 먼지들이 보이면서 집안은 더욱 깨끗해지기 시작했다. 청소를 하면서 마음의 묵은 때들도 함께 사라지는 기분을 느꼈다.

'살아있는 사람은 살아야 하고 나는 열심히 죽는 날까지 후회 없이 살고 싶다.'

청소를 하면서 후회 없는 살고 싶다는 마음을 다시 확인했다. 슬픔에 빠져서 죄책감에 짓눌려서 보내버린 시간들을 살 수는 없었다. 아까운 시간들을 생각하며 나답게 사는 법 후회 없이 사는 법이 알고 싶어졌다. 못 다한 삶을 내가 더 열심히 살아서 소장님한테 나중에 자랑하고 싶었다. 경제학 공부가 하고 싶어서 전공서적을 펼치고 신문을 찬찬히 훑어보기 시작했다. 한 지면을 보기가 힘이 들었지만 내가 할 수 있는 것들을 시작하는 것이 중요하다고 생각했다. 행동하기 시작하니 신문을 읽으면서 모르는 용어들을 정리하고 내 생각을 덧붙이는 작업이 가능했다. 시간은 약이라고 했다. 마음은 어느덧 나를 향해 있었고 내가 보고 싶은 것들을 보기 시작했다. 내 마음에 더 이상 슬픔이 자리 잡을 수 없을 만큼 지금 내가 할 수 있는 일들에 집중하며 살게 된 것이다.

릭이나 나에게 다가온 삶의 위기는 어쩔 수 없는 일이었다. 누구에게나 자신의 삶에 위기가 오기를 바라지는 않는다. 어쩔 수 없이 일어나는 것이다. 그 일에 대해서 감정을 모두 빼앗기면 삶의 에너지가 소모된다. 삶의 에너지가 소모가 되면 사람은 의기소침해지며 마음과 행동이 나무늘보처럼 아주 천천히 이뤄진다. 소모된 에너지를 다시 모으기까지는 상당한 시간이 걸리고 자신에 대한 마음을 읽어 낼 수 있는 준비된 자세가 필요하게된다. 자신의 마음이 위기를 어떻게 받아들이고 있는지를 알아야 한다. 하나 뿐인 삶을 시간 낭비하며 보내고 싶은가? 내 마음은 그렇지 않다는 것을 알고 있다. 이 비생산적이고 소모적인 감정을 극복해야 한다. 그러기 위해선 어떻게 해야 할까?

지금 내가 할 수 있는 일에 집중하면 된다. 직업이 있으면 그 일에 집중을 하면서 위기에 대한 생각을 잠시 접을 수 있다. 일을 능률적으로 처리하면서 만족감이 생긴다면 위기에 의해 발생한 부정적인 감정을 긍정적인 만족감으로 선택하자. 내가 선택을 한다는 것은 의지를 가지고 그렇게 하겠다는 생각이 들어가기 때문이다. 몸을 사용하며 할 수 있는 일에 집중을 한다는 것은 모든 에너지를 쏟아 붓는 것이다. 에너지가 한 곳에 집중적으로 투자될 때 일어나는 현상은 생각보다 강하다. 나타난 현상으로 긍정적인 감정의 순환 고리가 연결되기 쉽기 때문에 내가 원하는 것을 얻는데 많은 도움을 줄 수 있다.

청소를 하면서 마음이 정리가 되기 시작했다. '후회 없는 삶'을 살고 싶다는 나의 간절함을 마음속에서 느낄 수 있었다. 그리고 경제적 지식을 쌓아야겠다는 생각을 하면서 지금 내가 할 수 있는 일에 집중을 했다. 이런 흐름이 오기 까지 마음을 읽으려는 노력은 꾸준히 했다. 내 마음에 대한 진심을 알 수 있어야 매순간 순간을 집중하기가 쉽기 때문이다. 마음을 들여다보기를 하면서 참 연약한 존재라는 걸 알게 되었다. 감정에 따라서 쉽사리 변하는 마음을 보며 나다운 것이 무엇인가를 생각했다.

'하고 싶은 일만 한다. 잘 하는 것을 더 잘한다.'

마음의 소리를 들으며 그 소리를 따라가고 있다. 성큼성큼 다가가는 것이 아니라 지금 바로 여기에서 내가 할 수 있는 일에 집중하며 생각하는 한 걸음 한 걸음을 내딛고 있다. 후회없는 삶을 살아야 하기에.

모든 문제의 원인은 내 안에서 찾기

●

"전 안 되요. 머리가 나빠서 수학을 잘 이해도 못하고 할 수도 없어요."

새로운 학교생활이 힘이 드는지 고등학생이 되고부터 마음속의 말들을 거침없이 해댄다. 성적이 올라도 눈에 띄지 않으니 자신도 지쳐가는 모양이다. 같이 수업하는 친구들은 이해를 자신보다 쉽게 하는 걸 봐서인지 더욱 그런 생각이 굳어지는 모양이었다. W는 서서히 수학에 흥미를 잃어가고 있었다.

"마음의 벽이란 얘기 많이 들었지?"

하루는 W와 둘이 수업하는 시간이 생겨서 하고 싶은 말을 던지기시작했다. W는 고개를 끄덕였다. 마음의 벽이 어두우면 잘 안보여서 벽이 있는 줄도 잘 모른다. 벽이 유리라면 너무나 잘 보여서 원인을

자신감이 자존감인줄 알았다

찾는 것이 더 어렵다. W는 무슨 소린지 모르겠다고 얘기를 했다. 벽이 있다는 것도 모를 정도로 어두우면 그냥 계속 걸어갈 것이다. 수학을 못한다고 생각을 하면서도 벽이 있다는 존재 유무를 느끼지 못하면 꾸준히 하면 잘 될 것이라고 생각을 하며 계속 노력할 것이다. 벽이 유리면 너무나 투명하고 벽 너머의 세상도 보인다. 지금 자신은 벽에 가로 막혀서 답답해하고 있는데 친구들은 개념을 이해하고 문제를 풀고 있다. 그래서 더욱 힘든 거라고 얘기를 했다. W는 약간은 이해가 된다고 했다.

"수학을 할 때 더하기가 되니 빼기가 되지? 곱하기가 되니 더하기를 어려번 하는 것보다 쉽지? 처음엔 다 힘들어 하다가 계속적인 반복과 함께 몸에서도 익숙해져서 쉬워진단다. 더 이상 어렵다는 생각이 들지 않게 되지. 새로운 개념이 나오면 힘들어지지? 수학적으로 생각하는 방법도 새로운데 그 원리를 이해하고 적용하라고 하니 힘들지. 새로운 걸 배우는 거야. 새로우니까 어려운 거야."

W는 연산 실수가 많아서 연산을 제대로 풀 수 있을 때까지 힘이 들었다. 연산을 잘하게 되니 바로 개념들을 받아 들여야 했다. 개념들을 받아들이고 학년에 맞는 수업을 진행하다 보니 계속적인 반복과 함께 복습이 되지 않았다. 시기는 반복은 머리와 손이 해야 한다는 의무감의 시간이고 혼자서 하는 복습은 이해와 몸에 체득하는 시간이다. 그 시간을 유리 너머의 벽을 생각하면서 자신과 유리벽 너머의 친구들을

비교하는 것에 쓰고 있었던 것이다. W는 생각보다 벽이 있다는 사실에 너무 충격적인 듯 했다. 결국은 스스로 포기를 해 버렸다. 자신의 머리가 나쁘다는 말로 조금만 더 투자하면 되는 시간의 숙성을 던져 버렸다.

수학이든 인생의 어떤 힘든 일이든 우리는 결론부터 내린 뒤 거기에 맞추는 습성이 자연스러운 것 같다. 자신의 기준에 '노력'을 정해 놓고 그만큼만 해 버리고 결과가 따라오지 않으니 머리가 나쁘다고 결론을 확정해 버린다. 머리가 나쁜 건 아니다. 정규과정에서 머리가 특별히 뛰어나야 하는 경우는 잘 보지 못했다. 수학을 한다면 연산을 정확히 하도록 연습하고 체득하고 또 다음 단계에 필요한 개념이 나왔을 때 이해가 되지 않으면 반복하며 꾸준히 생각하는 법을 익히면 된다. 머리가 나쁘다는 결론보다는 단계 단계를 밟으면서 개념을 정확히 이해하는 것이 너무 중요하다. 이해하는 과정까지 걸리는 시간은 사람마다 차이가 난다. 어쩔 수 없는 부분이 존재하는 것은 맞다. 무엇보다 안 되는 것에 대한 원인을 자신의 노력 부분인지 능력 부분인지를 미리 결론지으면 아무것도 이룰 수 없다는 것을 수학과 영어를 가르치면서 알게 되었다.

"때가 되면 다 된다."

이 말을 어릴 적에는 참 무책임한 말이라고 생각했다. 시간이 지나면 사람이 늙고 열매가 익는 것이 당연하다고 생각했기 때문이다. 때라는 것은 마음의 자세라는 것을 알게 되었다. 우리가 흔히 노래할 때 박자가 잘 지켜지지 않는다는 말은 박자에 대한 감각이 부족하다고 생각하는 마음 때문이다. 리모컨으로 박자를 빨리해도 자신의 페이스를 유지하며 박자가 안 맞는 경우는 박자에 대한 감각을 익히기 위해 노력을 게을리 했다고 말하는 것과 같기 때문이다. 때는 노력으로 이룰 수 있는 시간을 의미하는 것이지 그냥 흐르는 시간에 오는 때가 아니다. 공부를 잘하고자 한다면 마음의 벽을 지닌 자신을 돌아보며 노력하는 자세를 가지도록 하자.

　"돈만 조금만 있었으면 사업이 망하는 일은 없었어. 금수저로 태어나지 못한 내가 죄다."
　섣불리 사업이라는 것을 시작했다가 진흙탕 같은 실패를 맛보았을 때 나는 이렇게 얘기했다. 하늘을 바라보며 금수저로 태어나지 못한 운명을 탓하며 기도를 할 때도 일확천금으로 또는 주식으로 빨리 갚을 수 있기를 바랐다. 하늘만 바라보며 지나간 시간을 되짚으며 운을 탓했던 그 순간은 집안도 엉망이고 사람과의 관계도 엉망인 시절이었다. 그 시절 나폴레온 힐이 말한 실패는 또 다른 것을 시작하는 신호라는 말을 알았다면 시간을 많이 단축했을 것이다. 실패의 원인을 내 안에서 찾았다면 시간 낭비에 대한 후회가 덜 했을 것이며 시간을 절약하며 더 나아가고 있었을 것이다. 정해진 틀을 따라서 일을 시작했고, 변화에 적절히 대응하지 못했다. 사업 투자금에 대한 미련 때문에 과감히 잘라내는 결단도 하지 못했다. 결과를 가지고 보면 나의 능력이 부족했다. 투자금에 대한 준비도 철저하지 못했다. 무엇보다 이러한 결과를 보고 나는 다시 일어설 수 없는 무능력자라고 단정하며 시간을 낭비하고 있었다. 돈으로도 살 수 없는 시간을.

'실패는 예측 가능한 일이었어. 실패를 탓하며 인생을 포기하기에는 너무 아쉽다. 실패의 원인은 바로 나였다. 돈이 없으면 지식을 쌓아서 지식을 활용하는 방법을 찾아보자.'

마음은 벌써 나에게 길을 알려주고 있었다. 한 번의 실패가 나를 만들지는 않는다는 것을. 이 실패에서 뭔가를 느끼고 다시 일어서라고 가르쳐주고 있다. 다시 시작 할 수 있다. 내가 가진 것들을 정비하면서 내 주위를 내 눈 안으로 끌어당겼다. 보이지 않던 여러 가지 길들이 제시되었고 그 길을 따라가면서 열심히 노력하는 모습을 강하고 선명하게 그려내는 작업을 했다. 내 마음이 이끄는 길 강력하게 이끄는 길 즐기면서 평생을 할 수 있는 길을 찾아가다 보니 학생들의 선생님이 되었고, 함께 성장하는 삶을 즐기고 있다.

모든 문제의 원인은 바깥이 아닌 나에게서 비롯된다. 나를 중심으로 원인을 찾아가되 절대 능력을 믿지 말라. 자신의 신념, 자신의 일관된 생각을 긍정적으로 바꾸어야 한다. 바꾸도록 노력해야 한다. 노력의 개인차는 상당히 날 수 있지만 노력으로 안 되는 일은 거의 없다. 노력으로 마음을 긍정적으로 바꾼 후 대하는 생각이나 감정들은 더욱 강력한 길이되어 앞에 나타난다는 것을 삶에서 체험했다. 꼭 전달하고 싶다. 노력을 꾸준히 하고 긍정적인 생각을 생활화 하라고.

맛있는 음식을 만들기 위해 인터넷을 검색을 하는 모습을 상상해보라. 재료와 방법을 수시로 보면서 음식을 만들지만 맛은 제대로 안 날 수 있다.

"역시 요리는 내 능력 밖이야."

음식을 만들 때의 정성이나 처음이라는 생각보다는 요리에 대한 능력으로 단정을 해 버린다. 요리는 이제 자신의 생활에서 부족한 부분으로 넘겨 버리고 멀리 하는 것이다. 가장 좋아하는 잡채를 먹기 위해 채소를 다듬는 일을 여러 번 해보라. 처음에 당근을 썰 때의 시간과 모양은 여러 번의 경험이 쌓이면서 시간도 짧아지고 모양도 너무 예뻐지는 것을 보게 된다. 요리를 못하는 능력이 문제가 아니라 자신의 마음속에 있는 부정의 생각이 원인임을 알 길 바란다.

마음속에선 자신에 대해 좀 더 객관적이고 분석적으로 자신을 알고 있다. 마음속의 나와 대화를 하면서 꼭 잊지 말아야 할 것은 부정적인 생각이 들지 않게 조심하는 것이다. 오히려 긍정적인 대화를 하고 긍정적인 생각에 집중하는 노력을 많이 하자. 작은 실천들을 성실히 수행하는 것은 마음의 주인으로 사는 마음 훈련이 될 것이다.

오늘 내가 한 말 중에 능력이라는 말을 사용한 적이 있는가? 그 능력을 위해서 노력을 얼마나 많이 했는지도 진지하게 생각해보라. 만약 노력이 첨가되지 않았다면 그 능력은 아직 잠에서 깨지 못한 것이다. 능력이라는 예측할 수 없는 것을 탓하기보다는 노력이라는 문제의 원인으로 내 안에서 해답을 찾는 당신이 되길 간절히 바란다.

감정을 흘려보내는 연습하기

감정은 인생을 사는데 있어서 양념이다. 슬픈 감정은 쓴맛을 내고, 기쁜 감정은 단맛을 내면서 오랫동안 간직하고 싶은 마음을 가지게 한다. 인간이 가지는 감정들은 어떤 것이 있을까? 자존감, 고독감, 외로움, 자신감등 많은 감정들이 존재하며 우리는 하루에도 몇 번씩 이들을 만나며 맛을 음미하고 있다. 음식을 시키는 것처럼 감정도 선택해서 가질 수 있을까? 가능하다. '이별'이라는 단어는 슬픔을 가져오는 경우가 많다. 그러나 자세히 생각해보면 이별에는 반대의 '만남'을 기대할 수 있게 해준다. 사랑하는 사람과의 이별에 새로운 연인을 만날 수 있는 기회가 생기는 이치와 같다. 이때 나는 어떤 감정을 취할 것인지 생각해 볼 수 있다. 이별이 주는 슬픔을 맛보며 행동할 수 있고, 이별 뒤에 오는 새로운 만남을 기대하며 설렘을 맛볼 수 있다. 선택에 따라서 내 마음은 그 길을 따라 행동을 하게 되는 것이다.

감정은 지금 현 상태의 내 기분을 얘기하는 것이다. 그 기분을 있는 그대로 표출하는 것이 감정이다. 친구로부터 좋지 않은 소리를 들어서 기분이 나쁘면 기분이 나쁜 대로, 아들로부터 사랑한다는 말을 들어 기쁜 감정을 그대로 들어내는 것이 감정인 것이다. 그러나 친구로부터 들은 충고나 비난에 기분이 좋지 않다고 해서 화난 감정을 그대로 표출한다면 가까이 있는 사람이나 화난 감정을 받아들이는 상대방은 어떻게 될까? 물론 내 마음이 더 중요하다. 내 마음은 화난 상태를 인지하고 화난 행동을 할 것이다. 목소리 톤을 높이고 물건을 집어 던질지도 모른다. 화난 행동을 함으로써 우리 몸은 더 경직되고 긴장된 상태로 남아 있을 것이다. 화난 이유를 생각하며 자신을 향한 변명이나 친구를 생각하며 친구의 단점을 찾는 등 자신의 화를 누그러트릴 수 있는 방법을 찾을 것이다. 이렇게 내가 선택한 감정은 행동이나 생각에 많은 영향을 미칠 수 있다는 것을 알 수 있다.

며칠 전 다이어리에서 발견하고 얼마나 웃었는지 모른다. 결혼을 준비하면서 남편에 대한 실망감과 불안함이 나타나 있었다. 결혼을 정말 해야 하는가에 대한 고민을 며칠 동안 하면서 적은 글이었다.

'결혼이란 숨 막히는 정글에 아무것도 모른 채 그냥 두 사람이 버려진 상황인 것 같다. 정글을 빠져 나가면 살 수 있기에 그 길을 찾아 떠나가는 과정이 결혼인 것 같다. 얼마나 힘이 들지 걱정이다. 이 길로 가야 하는지 저 길로 가야 하는지 알 수가 없어 싸우고 지쳐간다. 파이터가 되어 버린 듯하다. 정말 난 이 정글에 투입되길 원했을까? 2000년은 나에게 정말 큰 획을 긋는다. 나를 찾자. 나를 사랑하자. 이 정글 숲을 헤쳐 나가기 위해선 나를 믿을 필요성이 있다. 내가 가는 길이 옳다고 생각하며 발을 내딛어야 길을 찾을 수 있다..'

남편과의 얘기나 행동에 대해 실망을 했는지 실망에 따른 불안함이 보인다. 불안한 상태를 마음에 품고 그대로 남편에게 분출했었으면 어땠을까? 좋은 말 보다는 남편의 속을 상처 낼 말들을 선택해 감정을 표현했을 지도 모른다. 둘 다 성격이 극과 극을 달리는 감정파라서 맞붙어 버렸을 가능성이 100%다. 아마 숨 막히는 정글을 빠져 나올 일 자체가 없었을 것이다. 나의 불안함을 남편에게 표현하기 보다는 나를 사랑하기 위한 연습을 했던 것 같다. 감정에 대한 솔직한 내 마음을 파악하면서 불안함을 그래도 표출하기 보다는 감정을 선택하고 조절하도록 노력했던 것 같다.

'감정은 선택이고 조절을 할 수 있는 힘을 기르자.'

10년이 넘었지만 감정에 대한 직접적이고 솔직한 표현보다는 감정의 원인을 찾고 분석하는 습관을 가지려고 노력했다. 감정의 원인이 부정적이라면 오히려 약간의 시간차를 두고 기다렸다. 비가 많이 오는 날 운동장을 흐르는 진흙물을 컵에 담았을 때를 생각했다. 진흙물을 계속적으로 흔들고 휘저으면 컵 속의 물은 계속 진흙물이 되어 있을 것이다. 약간의 시간차를 두면서 기다리면 흙과 물은 분리가 되어 투명해지는 것을 볼 수 있다. 부정적인 감정은 진흙물이다. 계속 의식적으로 떠올리게 되면 감정에 빠져 들게 된다. 느끼는 감정에 더욱 몰입을 하게 되면 몸도 행동도 부정적인 감정에 충실해지려고 노력하기 때문이다. 자신의 마음을 더욱 힘들게 한다.

긍정적인 감정은 즐기면 된다. 즐기면서 감정의 원인을 분석하고 다음에 다시 이런 일이 발생할 수 있고 유지되도록 하는 방법을 찾으면 된다. 긍정적인 마음이 내 가슴에 있다가 흘러가 버려도 생각과 마음에는 남아 있을 것이다. 내 마음의 좋은 부분을 이끌어 내면서 마음을 다스리고 조절할 수 있게 되는 것이다.

최근의 생일에 가족들이 모여 밥을 먹었다. 주최가 되어 할 때보다 주인공이 되고 보니 더 나서질 못했다. 밥을 같이 먹으면서 케이크 하나 없는 식사를 하고 있었다. 생일이 평상시보다 못한 날이었다. 내 마음은 이 자리를 뜨고 싶다는 생각과 주위의 모든 사람들이 남이라는 생각이 들었다. 부정적인 감정이 생일을 망치기 시작했다. 갖고 싶은 물건을 받고 축하도 받았지만 케이크 하나 없다는 사실에 집중하기 시작했다. 식사를 마치고 집으로 가는 길에 잘 해 줬던 일들을 떠올리며 후회를 했고 앞으로 잘 해 주지 않겠다는 생각이 마음과 머리에 비집고 들어왔다. 순간 내 마음에 이런 기분을 주는 것은 마음밭의 비료를 나쁜 성분으로 채운다는 생각이 들었다.

'릴렉스! 릴렉스!'

스스로의 마음을 다스리기 위해 깊은 숨을 내쉬었다. 조용히 아무 생각이 없도록 빨리 걸었다. 집으로 들어설 때 안정된 마음을 느꼈다. 케이크는 객관적으로 생각했을 때 생일날 반드시 거쳐야 하는 것은 아니다. 내 마음은 나의 선택을 존중했다. 가족들이 함께 모여 밥을 먹고 축하하는 것이 더 중요하다고 속삭였다. 신기하게도 감사한 마음이 생기며 마음이 따뜻해지기 시작했다. 함께 할 가족이 있다는 행복이 밀려들었다.

감정을 흘려보내는 연습을 하자.

부정적인 감정은 의식하지 않고 진흙물이 들어있는 컵을 생각하며 시간차를 두도록 하자. 마음에 새겨지는 감정의 원인을 분석하고 내 마음을 시간차를 두며 다독여주자. 좋은 말과 좋은 행동으로 다독이며 제대로 흘려보내자. 부정적인 감정이 내뿜는 독소는 나의 행동과 생각에 좋은 영향은 주지 않는다. 미련없이 보내도록 하자.

긍정적인 감정은 의식을 하자. 감정의 원인을 분석하고 마음에 각인시키자. 좋은 감정은 다시 사용할 수 있는 리필 쿠폰처럼 기억하자. 부정적인 감정이 들 때 리필 쿠폰을 사용할 수 있도록 즉시 준비해 두자. 좋은 감정으로 행동과 생각을 통제하는 연습을 하자. 내 마음이 납득하고 즐거워하면 내가 가고자 하는 방향으로 나아가기 싶다. 내 마음을 조절하고 다스릴 수 있다면 상황이 좋아지지 않더라도 좋은 방향으로 나아가는 감정을 선택할 수 있게 된다.

감정은 바뀔 수 있다. 좋은 감정에서 나쁜 감정으로, 나쁜 감정에서 좋은 감정으로 바뀔 수 있다. 감정을 흘려보낼 때 될 수 있으면 가장 좋아하는 장소에서 좋은 감정을 떠올릴 수 있는 매개체를 이용하도록 하자. 나 같은 경우는 책을 쓰면서 행복한 감정을 마음에 대고 얘기를 한다. 책을 쓸 수 있어서 너무 감사하다고. 책이라는 매개체는 감사함을 끌어 올 수 있는 마음의 도구가 된 것이다. 감정을 흘려보내면서 의식적인 것을 이용하는 방법으로 사용하면 좋을 것이다. 내 마음의 주인으로 살기 위해선 반드시 필요한 훈련을 꾸준히 좋은 감정으로 하도록 하자.

명확하게 거절하기

●

"엄마 프린트해야 할 게 있는데……"

조용히 공부방 문을 열고 아들이 얘기를 했다. 수업 중에 자료로 사용할 프린트를 하는 중이라 정신이 없었다.

"알았어. 좀 있다 부를게."

정신없이 하다 보니 12시가 넘어버렸다. 아이는 방에서 자고 있었다. 무엇을 프린트를 해야 할지 알 수가 없었다. 5학년이 되어서인지 내가 무심해서인지 아들은 알림장도 쓰지 않았다. 답답했지만 다음 날을 기약할 수밖에 없었다. 아침부터 바빴다. 프린트를 해야 하는 건 생각보다 자료를 찾고 걸러내야 하는 것이었다. 괜히 짜증이 났다. 아들이 나의 얼굴 표정에 나타난 감정을 들여다 보면서 눈치를 보는 것 같았다. 미안했다. 아침을 먹을 동안 프린트를 마쳤다. 학교를 가기 전까지 내 모습을 자꾸 의식하는 아들을 보고 있으니 '엄마깡패' 같았다. 아이의 숙제도 모르고 아이는 일하는 엄마의 공부방을 함부로 들어오지 못한다는 지속된 말에 자신이 정말 필요한 것도 제대로 말하지 못했다. 생활 속에서 나의 행동에 대한 반성이 필요한 것을 느꼈다.

아들은 부탁을 제대로 못한다. 엄마인 내가 만든 일이다. 아들이 프린트를 해야 한다고 했을 때 내 일을 언제 마칠 것인지, 프린트 내용이 무엇인지 시간은 얼마나 걸리는지 정확히 했다면 아침에 이런 일은 없었을 것이다. 나의 부주의한 행동으로 아들은 엄마의 눈치를 보는 아침을 시작했다. 조금의 배려와 확실히 해야할 이유가 생겼다. 명확하게 뭔가를 전달하는 것이 중요하기 때문에 중요한 시간 나를 향할 요청에 좀더 신중하게 대응하기로 말이다.

"거절도 하나의 표현입니다."

며칠 전 읽은 다이어리에 내가 적은 것이었다. 4년 전 다이어리였다. 책장을 정리하다가 자연적으로 펼쳐진 다이어리엔 진한 메모지가 있었고, 글귀가 적혀 있었다. 그리고 그날의 일을 적어 두었다.

쌀쌀한 아침 같은 동네에 사는 언니네 집으로 향했다. 언니는 아이가 세 명이 있고 삶을 열심히 사는 엄마였다. 아는 엄마도 없었지만 언니의 밝은 성격이나 책을 좋아하는 공통점에서 언니를 무척 따랐다. 어느 날 언니는 부업을 하기 시작했다. 하나의 일을 마무리 하기 위해선 3-4단계의 일이 필요했고 몇 시간을 같이 하면 하루에 1만원 조금 더 벌 수 있는 일이었다. 일거리도 많이 없었지만 앉아서 하는 일이라 얘기를 하고 점심을 먹고 하는 하루의 시작이 좋았다.

'아이들 수업을 해야 하는데. 언니에게 어떻게 얘기를 하지?'

언니랑 부업을 하면서 보내는 시간은 정말 잘 흘러갔고 수업을 시작하기 전에 집으로 가면 청소하고 수업 준비하기가 바빴다. 이런 하루가 쌓여 갈수록 마음 한편에선 불안함이 생겼다. 수업준비를 일이 끝나고 하니 피곤도 했고, 집안의 일도 제대로 되지 않았다. 언니를 만나서 노는 그 즐거움이 커지면서 나의 생활도 살짝 비틀어지기 시작했다.

"뭐하니?"

수업이 끝날 시간에 언니에게서 전화가 왔다.

"응? 지금 책 보고 있지."

순간적으로 나온 말이었다. 언니는 지금 치킨 집에 있는데 와서 먹고 들어가라고 했다. 집에서 하는 일이지만 아이들 수업을 하다보면 저녁을 못 먹는 경우가 있다는 말에 챙겨주려는 마음이 전해졌다. 다음날은 일찍 수업도 있고 언니네 집에 가야 한다는 생각에 집을 나서기가 싫었다.

"아니, 언니 책을 좀 덜 읽어서 더 읽어야 할 것 같아."

언니도 책을 좋아하지만 배고픔을 달래라고 얘기하는 언니의 계속적인 말에 거절을 할 수가 없었다. 주섬주섬 옷을 입고 나가서 그 날을 꼬박 넘겼던 일을 적은 것을 기억했다. 그날 느낀 것이 거절도 하나의 표현이라는 것을 알게 되었다고 정리한 내용을 읽었던 것이다. 거절을 하는 데 있어서도 요령이 필요하다는 것을 느끼기 시작한 사건이었다. 요령보다는 정확하게 거절을 하면서 상대를 배려할 수 있어야 한다고 생각을 했었다. 책을 읽어야 하는 것이 아니라 나가기가 곤란하다. 할 일이 있어 나갈 수 없다고 정확하게 표현을 했다면 그 시간을 낭비하지 않았을 것이다. 시간을 버리면서 나를 위하는 방법 하나를 터득한 소중한 사건이었다.

　'거절'을 한다는 것은 불편한 일이다. 좋아하고 계속 만나고 싶은 사람에게는 더욱 거절을 하고 싶지 않은 마음이 강하게 작용할 것이다. 거절을 제대로 하지 못했기 때문에 그 자리에 있는 내내 마음이 불편했었고 돌아오는 내내 자신을 책망하고 있었다. 책망하는 스스로를 다시는 보고 싶지 않았다. '거절'은 마음의 표현이지만 서로의 생각에 오해를 불러일으키지 않고 해결할 수 있다는 결론을 내렸다. 언니는 책을 읽는 다니까 일이 끝나고 시간의 여유가 있다고 생각을 했던 것이고 나는 완곡하게 표현하는 방법으로 얘기를 했지만 거절의 마음을 정확히 전달하지 못했었다. 다음날 언니 집에 놀러 갈 때는 마음이 무거웠다. 전날 나의 행동과 말에 대한 정리가 필요했고 표현하

자신감이 자존감인줄 알았다

는 방법들을 찾고 익혀야 했다. 명확하게 거절하는 법을.

'거절'을 내 삶에서 정확하게 표현하게 된 것은 얼마 되지 않았다. 그 날 이후 내가 생각한 것은 거절을 잘 못하는 마음이 어디서 발생했냐는 것이었다. 마음에서 거절을 해야 한다는 강한 소리에도 불구하고 불편함과 어색함에 그 소리를 무시했다. '거절'을 내가 부탁을 했을 때 받게 된다면 기분이 나쁘거나 속상할 것 같기 때문이었다. 실제로 거절을 당했을 때 기분이 나빴던 기억이 몇 번 있었기 때문이다. 건강을 위해서 야식을 먹지 않으려는 생각을 하고 있을 때 엄마나 남편은 오늘만 먹으라고 얘기 할 때가 있다.

"살 뺄 겁니다."

라고 얘기를 하면 오늘만 먹고 빼라고 계속 말을 한다.

"오늘 안 먹을 거야. 말 걸지 마!"

좀 더 강하게 정확하게 거절을 하면 더 이상 말을 하지 않는다. 그냥 먹으면서 맛있다는 소리를 연발할 뿐이다. 내 의견을 제대로 표현하는 법을 알아둔다면 오히려 상대방과 나의 관계는 더 편해질 수 있다. 거절도 정확하게 하는 법을 연습해야 한다. 거절이라는 것 자체가 나의 결정을 뜻하기 때문에 더 신중하게 할 필요가 있는 것이다. 거절하는 법은 어렵지 않다. 너무 감정적으로 처리를 해 버리면 강한 부정이 되어 마음과 상대방이 상처를 받을 수 있다. 완곡하면서도 정확한 거절을 위한 문구를 자주 보는 TV드라마나 웹 소설 등에서 친구들이 사용하는 언어에서도 충분히 배울 수 있다. 관심을 가지고 찾으면 쉽게 거절할 수 있는 법을 터득 할 수 있다.

정확하게 거절하는 것은 나의 표현을 좀 더 명확하게 나타내고 생각을 정리하기도 쉬운 장점이 있다. 부탁을 받았을 때 정말 필요한지 아닌지를 구별할 수 있게 되고 거절을 표현하는 다양한 연습을 한 경험은 자신의 결정에 대한 자신감을 높여 주는 방법이된다. 내 안의 나와의 믿음인 자존감을 높일 수 있는 좋은 방법이다. 명확하게 거절하는 표현법을 찾아 연습을 해보자. 내 삶의 주인공이 되기 위한 마음 훈련법으로 의사를 정확히 매듭지음으로써 모호한 결말을 잘라내는 시원함을 맛 볼 수 있다. 해결되지 않은 미세한 결말들이 모여 마음을 어지럽히는 기회를 주기 보다는 정확한 결말들을 가지고 생활하는 정리된 삶을 살 수 있는 기회. 명확하게 거절하기를 오늘부처 실천해 보자.

욕심이 아닌 욕망에 집중하기

●

'돈을 더 벌고 싶다.'

쓸 계획을 하다 보면 돈이 턱없이 부족하다. 그래서 가진 것으로 나의 하고 싶은 일들을 다시 재수정을 하는 경우가 많다. 수정을 할 때면 마음은 가진 것에만 만족해라고 한다. 하고 싶은 일들을 하기 위해 돈을 더 벌고 싶다고 얘길 하면 안 될까?

늘 부족했다. 돈이라는 녀석은 늘 나를 피해만 다녔다. 삶 속에서 부족한 부분을 얘기하라고 하면 제일 먼저 돈이 부족하다고 했다. 돈은 자연 반사적으로 튀어나오는 나의 치명타적인 결점으로 인식되었다. 돈에 대한 집착은 인생을 삼켰다. 내 마음은 온통 돈으로 집중을 했기 때문에 '돈' 에 대한 섬세도는 엄청 높았다.

10대에는 친구 관계에서 우리 집은 돈이 많지 않다는 사실을 깨달았다. 주말마다 영화를 보고 번화가에 나가서 자신들만의 추억을 쌓을 때 소외되는 아픔을 반복해서 느꼈다. '돈'에 대한 갈증은 더욱 심해졌다. 아르바이트를 해서 돈을 모으고 그 불어나는 숫자만큼 기분은 좋았지만 갈증은 나아지지 않았다.

20대에는 돈을 스토킹했다. 돈이 되는 방법을 연구했고 주식을 해서 벌기도 했다. 10만원이라도 더 주는 직장으로 이직을 여러 번 했다. 그렇게 돈을 쫓아다닌 시절은 통장에 찍힌 숫자가 대만족이었다. 20대 후반 결혼과 동시에 직장을 그만뒀다. 사장님은 뛰어난 실무 경험을 바탕으로 사업을 해보라고 했다. 화려한 생활을 꿈꾸며 모은 돈과 더 많은 돈을 빌려 투자했다. 결과는 대실패였다.

30대는 '빚'을 생활의 일부분으로 인정하면서 '빚'이라는 명찰을 떼기 위해 돈돈 거렸다.

40대인 지금 즐거운 직업을 가지고 있고 고정된 월급을 가져오는 남편의 직업으로 인해 조금씩 나아지고 있다. 띵똥 하는 문자가 들어오면 후루룩 사라지는 돈들을 바라보며 아직 '돈'에 대한 사랑을 멈추지 않았다. 돈에 대한 부족이 낳은 돈에 대한 욕심은 내 마음을 돈만 바라보게 했고 돈에 의해 마음이 꽃길을 걷다가 나락으로 떨어지는 순간이 많았다. 삶 속에서 생활을 편리하게 해주고 더 나은 선택을 해준다는 이점만 두드러지게 보였다. 욕심은 많을 때도 적을 때도 항상 굶주리게 했고 하나만 보도록 했다.

"돈에 환장했니?"

친구의 말에 모든 것이 멈춰버렸다. 내 인생이 송두리째 얼어버렸다. 마음이 더 이상 나에게 말을 걸지 못하게했다. 마음이 시키는 대로 생각을 하고 마음이 내키는 대로 행동을 해왔다. 마음엔 욕심이 가득한 채로 살아왔다. 모든 것들이 무너졌다. '돈'이 인생에 전부가 아니라는 생각을 떠올리기 시작했다. 정말 하고 싶은 것이 무엇인지 찾아내려고 했다.

'이젠 책 쓰기가 답이다.'

진정한 인생의 추가코드가 떠올랐다. 지금 가지고 있는 삶에 가장 흥미를 느끼며 가진 두 번째 직업과 또 하나의 깊고 강렬한 욕망의 책 쓰기가 추가된 삶을 생각했다. 갑자기 모든 것에 강한 에너지를 느꼈다. 조용히 있던 내 마음에 나는 강렬한 주문을 넣었다. 책을 쓰자 책을 쓰기 위해 '한책협'을 찾아가자. 그리고 바로 실행했다. 경기도로 혼자서 차를 몰고 가는 가슴 떨리는 경험을 하고, 아무도 모르는 그곳에서 김태광 작가와 함께 하는 작가들을 보며 강한 기운을 느꼈다. 욕망이라는 단어를 써도 아깝지 않을 정도의 강렬함이었다. 책쓰기는 더 이상 꿈꾸는 것으로 끝나지 않았고 현실로 실현이 되는 과정이되었다. 강렬함을 동반한 나의 꿈은 서서히 진행을 했다.

'주체 할 수 없는 꿈이지만 이룰 수 있다. 나의 강렬한 욕망은 작가가 되는 것이고 내 가족에게 떳떳이 얘기하는 날이 빨리 온다.'

늘 마음의 얘기만 듣던 나는 전달했다. 나의 의지를 나의생각을. 또 박또박 정확하게 전달했다. 마음속에서 강한 충동이 일어났다. 가슴이 뛰기 시작했고, 손이 갑자기 떨리기 시작했다. 내가 가고자 하는 길을 이젠 내 마음에게 전달하고 나를 따르도록 하고 있었기 때문이다. 주위의 모든 것들이 보였다. 고속도를 달리면서 차만 보던 내 눈에 푸른 산이 보였고 파란 하늘이 보였다. 할 수 있다는 강한 에너지가 나를 감싸고 있는 것 같았다.

책쓰기를 시작하면서 독서도 더욱 치열하게 했다. 그냥 읽는 것이 아니라 책쓰기에 도움이 되는 좋은 문구와 좋은 것들을 기록하며 적극적으로 읽었다. 책을 읽으면서 더욱 선명해지는 작가로서의 모습이 보이기 시작했다. 작가는 어릴 적부터 숨겨온 나의 꿈이었다는 것을 알게 되었고 가진 것이 없고 남들과 별반 다르지 않은 내가 이 일을 하고 있다는 사실이 더욱 매진하게 했다. 책쓰기에 집중을 하면서 욕망이 분출하는 에너지에는 막강한 힘이 있다는 것을 믿게 되었다. 욕망에 집중하다 보면 돈은 저절로 따라오리라는 막연한 믿음도 생겼다.

'욕심이 아닌 욕망에 집중하자.'

욕망이라는 단어는 심리학에서 많이 사용된다. 선천적인 것으로 생각할 때 본능에 속한다. 욕망을 심리학자 칼 마르크스는 식욕을, 지그문트 프로이트는 성욕을, 프리드리히 니체나 알프레트 아들러는 권세욕을 근본으로 하여 자신들만의 독특한 가설을 만들 정도로 소중한 정보다. '욕망'을 자세히 들여다 보면 마음속에서 출렁거리는 분출이 시초가 된다. 어디로 튈지 모르는 불명확한 에너지이자 감정인 욕망은 예측 할 수 없기에 더 강하다. 욕망을 제대로 이끌기 위해선 자신의 내면에 귀를 기울이면 된다. 정말 하고 싶은 것인지 순간적인 것은 아닌지 내면과 대화하면서 울리는 정도의 강도로 알아낼 수 있다.

마음은 모든 것을 받아들였다. 이제껏 나에게 강하게만 느껴졌던 마음은 모든 것을 받아들이며 나의 욕망이 가리키는 곳을 열심히 알려 주었다. 욕심과는 다르게 욕망은 나를 마음의 주인으로 만드는 계기를 선물했다. 욕심이 나를 지배했다면 욕망은 내가 마음의 주인이 되도록 했다. 마음과 자주 소통하면서 내가 되고 싶은 것을 계속적으로 생각하게 했고, 든든한 지원군이 함께 한다는 생각에 좋은 감정들을 찾아다니게 했다. 글을 쓰는 숙성의 시간을 가지면서 책을 썼다.

주위의 모든 이들에게 얘기하고 싶다. 지금은 작가가 된다는 말을 하지 않았기 때문에 혼자만의 시간으로 쓰고 있다. 책이 계약되어 작가가 된 그 날을 손꼽아 기다리는 이유다. 너무나 간절하면 눈앞에 그 모습이 강하게 나타난다. 매일 밤 자면서 내가 하는 작가의 강연을 연습하고, 아침에 일어나면서 읊는 나의 매직주문은 '글쓰기가 답이다' 이다. 강한 불꽃을 내는 충동적 에너지인 '욕망'을 체득하면서 나는 세상의 중심에 서있는 모습이 낯설지 않다.

'욕망'은 무언가에 이끌려 생기는 강렬한 충동 에너지이다. 이 에너지의 막강한 힘을 제대로 이용한다면 내 안의 깊은 곳에 잠자고 있는 소중한 일들을 이끌어 낼 수 있다. 삶의 주인공으로 내 마음의 주인으로 살기 위한 마음 훈련법으로 욕망을 강조하는 이유가 여기에 있다.

당신의 마음에 출렁거리는 욕망이 있는가? 욕망은 무엇을 말하고 있는가? 욕망이 말하고자 하는 것을 제대로 들을 수 있는 시간을 충분히 내어주고 있는가? 욕심이 아닌 욕망에 집중하며 온전한 삶을 살길 바란다.

지금 나에게
가장 필요한 것은
자존감이다

Confidence
Self-esteem

지금 나에게 필요한 것은 자존감이다

●

　자존감은 자신에 대한 이해의 정도이다. 자신에 대한 이해가 높은 사람은 어떤 일을 향해 질주하더라도 넘어지고 다시 일어설 수 있다. 이해가 낮은 사람은 넘어지면 넘어지게 된 원인을 자신이 아닌 남 탓이나 환경으로 돌리는 경우가 많았다. 특히 '운이 나빴다.', '타이밍이 안 좋았다.' 등의 어쩔 수 없는 요인들을 가져다 오는 경우를 종종 보거나 들을 수 있다. 자존감에 대해 사람들에게 물으면 '자신을 사랑하는 마음'이나 '자신을 사랑할 수 있는 자세'라고 얘기한다. 자존감을 아는 사람도 많고 중요하다는 것을 알고 있는데 자존감이 높다고 자부하는 사람은 많이 보질 못했다. 지역이나 성격에 따라서 차이가 나겠지만, 평균적으로 보면 그렇다는 얘기다. 자존감은 어떤 의미로 사람들에게 인지되며 역할은 무엇일까?

한창 바쁘고 즐거웠던 순간을 생각하면 자존감이 높았다는 생각이 든다. 자존감이 높아서 삶이 즐거웠는지 삶이 즐거워서 자존감이 높았는지는 정확히 기억이 나질 않는다. 그 시절엔 모든 것들이 순조로웠고 당당했고 가벼웠다.

"그래 잘하고 있어."

친구를 만나도 내 의견을 제대로 얘기하고 설전을 펼쳐도 상처나 감정의 소용돌이에서 나를 위한 말 한마디로 해결할 수 있었다. 상처는 어느 덧 인지하지 못할 정도로 빨리 변했고 객관적 거리를 유지하기 쉬웠다. 자존감은 내 생각과 마음을 긍정적으로 만들어 주는 힘이었다. 동창회 모임을 가고 새로운 분야에 수강신청을 하러 갈 때도 갈까 말까를 고민하는 시간은 줄어들었고 가서 무엇을 배우고 누구를 만나는 가에 집중하도록 했다. 내 마음이 어디를 바라보고 무엇을 하고자 하는지를 정확히 파악할 수 있었다.

'자존감은 환경이나 마음에 의해 변색이 될 수 있다.'

자존감은 환경이나 마음에 따라 변화하는 주식 같은 것이었다. 붉은 색을 보이면서 수익을 주다가도 짧은 시간에 후루룩 마이너스를 던져줬다. 즐거운 삶에서는 수익이 배로 늘어나는 빨간 양봉이라면 힘겨운 삶속에서는 빨간 양봉일 때는 좋아졌다가 파란 음봉일 때는 지옥으로 떨어지는 기분이 수시로 느껴진다. 삶에 대해 힘들다는 마음이 들기 시작하고 하는 일마다 실패할 시기에는 모든 것들이 크게 다가오고 나쁜 말이나 행동에도 깊은 상처를 받는다. 사람들과의 만남보다는 혼자만의 생각으로 감정의 폭이 하늘과 땅을 요동치는 경험을 하루에도 수십 번씩 경험하면 에너지를 고갈하게 되고 힘든 강도가 커진다. 그만큼 굳어지는 나의 표정들과 거친 목소리는 내 삶의 무게 또한 힘들게 만들었다.

'변해야 한다. 변화가 필요하다.'

삶의 무게에 짓눌리다 보면 자존감이라는 것은 사실 생각할 수 없다. 감정에 매여서 생활에 매여서 생각이라는 것을 하는 것조차 버겁기 때문이다. 자신에 대한 이해보다는 마음이 시키는 것을 받아들이고 행동할 뿐이다. 나에 대한 이해나 내 마음속의 나와 얘기를 하는 건 불가능하다. 변화 해야 한다. 그럴 때 일수록 자존감을 되찾아야 한다. 자존감이 모든 것을 해결해 주는 만능열쇠는 아니다. 그러나 자존감으로 인해 어려운 상황을 이겨내기 위한 행동을 할 수 있게 되고 예기치 않게 다가온 일들을 객관적으로 분석하고 배우고 다시 행동하는 과정으로 이어 질 수 있도록 해준다.

자존감이 계속 유지 되지 않고 변화하기 때문에 긍정의 자존감을 오래 보존하는 방법을 알아야 한다. 또한 변화에 대한 자기 인식이 가능해지면 무너진 자족감을 회복하도록 하는 방법을 알아 둘 필요가 있다. 자존감을 유지하기 위해서는 씨앗에 물을 주듯이 보듬어주고 계속적인 영양을 주여야 한다. 내 마음의 상태를 깨달았을 때

'아 그랬구나!' 또는 '그래 그럴 수도 있겠지!', '참 잘했다!'

진심을 담은 말을 사용해 마음을 인정했다. 슬픔이 받아들여지는 정도가 약해지면서 시간차를 두고 마음을 다독일 수 있었고 기쁠 때는 그 감정을 오랫동안 기억하기 위해 노력했다. 내 마음을 인정하는 말들을 평상시에 자주 쓰기 위한 연습도 내 마음을 보듬어 주며 자존감을 높일 수 있는 방법이 된다.

또 하나 선택한 것은 독서다. 독서를 하면서 작가들의 생각과 행동을 경험했으며 그들이 어떻게 성공할 수 있었는지를 배웠다. 그들을 멘토로 삼고 모방했다. 자존감이 상승하기 좋은 자양분이다. 역경 속에서 일어서는 힘, 그들은 자신의 내면을 믿으며 그 환경이나 상황을 그대로 밀고나갔다. 자신 안에 숨 쉬고 있는 나를 알고 꾸준한 행동을 하며 앞으로 나아갔다. 흔한 트렌드가 된 '자존감'은 또 다른 나와 함께 만들어가는 믿음의 결정체인 것이다. 나에 대한 이해가 기반이 되어 나 자신을 바로 보고 얘기를 할 수 있는 시간은 24시간 우리의 일거수일투족을 감시할 수 있는 인공위성보다 더 가깝고 나를 더 잘 알고 있다. 그래서 나에게 당당한 것이 모든 것에도 당당할 수 있는 이

유이다.

자존감이 높아지면서 내 마음속의 나와 얘기를 자주하고 토론도 하게 된다. 토론을 할 때 내 마음은 좀 더 주관적인 경우가 많았고 오히려 나는 객관적이 되었다. 그래서 나와의 토론을 자주 하려고 한다. 객관적 시각이 높아지면서 감정에 휘둘리지 않는 습관이 만들어졌다. 나와의 대화는 나를 좀 더 생각이 깊어지게 한다. '어떻게 살 것인가'에 대한 진정한 고민을 하게 만들고, '후회하지 말자'라는 나의 가치관을 적절히 이행하고 있는지를 확인하게 했다.

나는 앞으로 나아가고자 한다. 간절히 하고 싶은 것을 나와의 대화에서 찾았고 아주 오래전부터 지니고 있었다는 것을 최근에 알았다. 인생의 굴곡을 겪는 경험은 자존감에 대한 나의 생각을 깊고 넓게 만들게 했다. 이러한 경험을 살려서 나와 같은 고민을 하는 사람들을 도울 수 있는 메신저의 삶을 살고, 청소년 학습 코칭을 하는 지금 그들의 코칭을 제대로 누구도 따라 올 수 없는 질 높은 수준을 제공하고 싶다. 청소년들이 마음 챙김을 잘 못하고 외로움을 견디지 못하는 모습을 보면서 마음 근육 강화 운동을 시켜주는 트레이너가 된다는 사명아래 오늘도 열심히 나를 갈고 닦고 있다.

뜻하지 않는 일들이 생겨서 좌절을 할 수도 있고, 나의 코칭으로 더 나은 모습, 그들이 원하는 삶을 살 수 있는 계기가 되는 기쁨을 맞이할 수도 있다. 실패에서도 일어설 수 있는 오뚝이 같은 마음으로 전환

할 수 있는 마음, 실패에서 배움을 발견할 수 있는 생각, 정말 하고 싶은 것을 바라보며 흔들림 없이 나아갈 수 있는 행동들을 위해 자존감은 필수적인 요건이다. 변할 수 있기에 더욱 좋은 자존감으로 무장된 나를 만들 것이다. 감사할 줄 알며 나에게 충실한 삶을 완성하기 위해서 지금 나에게 간절히 필요한 것은 나를 믿음으로 한 자존감이다.

자존감의 크기가 인생의 크기를 결정한다

●

두 가게가 있다. 손님이 북적거리고 건물도 새로운 곳에서 식당을 하는 사장과 전통을 지닌 오래된 건물에서 한두 테이블의 손님이 있는 사장이 있다. 외형상으로는 새로운 건물과 손님이 북적거리는 가게의 사장이 행복하다고 생각한다. 그에게 물었다.

"아, 죽겠어요. 겉만 번지르르 하죠, 벌어도 나갈 때가 많으니."

옆 가게의 사장님은

"오래전부터 해오던 곳이라 남는 게 얼마 없지만 행복합니다."

신축 건물의 사장님과 오래된 건물에 계시는 사장님들 중에서 어느 분이 인생을 더 잘 사는 것일까? 어느 인생이 더 크게 느껴지는가?

인생의 크기는 신축 건물의 사장님도 오래된 건물의 사장님도 비교

할 수가 없다. 인생의 크기가 좋은 집, 좋은 차, 여유로운 삶이라고 생각한다면 신축 건물의 사장님이 답이 될 수 있다. 그러나 행복의 정도를 기준으로 본다면 오래된 건물의 사장님 인생의 크기가 신축 건물의 사장님에 비해서 크다고 봐야 한다. 어느 관점으로 보느냐에 따라 인생의 크기는 달라진다. 따라서 인생의 크기를 결정하는 것은 상대적인 것이라고 생각한다. 경제적인 것에 비중을 실은 게 아니라 내 마음에 비중을 실은 관점이라는 것이다.

사람의 인생은 고속도로처럼 한 길로 쭉 나아갈 수 있는 것이 아니다. 한 길로 나아갈 수 있으면 좋을지 모르지만 가끔 자갈길도 가게 되고 움푹 파헤친 길도 갈 수 있다. 내 앞의 길들이 나에게 얼마나 크게 다가올지는 마음의 상태에 따라 달라질 수 있다. 마음의 현 상태가 열려 있고 긍정적으로 받아들인다면 그 길은 흥미롭고 새로운 경험으로 인식이 될 것이다. 깊은 부정적인 감정이 지배할 때 그 길은 부정적인 감정을 더 깊고 더 강하게 파헤질 것이다. 어떻게 받아들이는가의 문제가 생기는 것이다.

인생에서 벌어지는 일들은 예기치 못한 일들이 많다. 그 출렁거림에서 받아들이는 문제는 나에 대한 믿음을 기반으로 한 자존감에서 비롯된다. 나를 믿는 마음이 강한 상태의 깊은 자존감은 심한 타격이 오는 현실에서 받아들이는 정도가 작을 수도 있다. 다른 이들과 똑같은 강도라도 그것을 받아내고 인내하고 다시 일어서는 과정에서 '나'

에 대한 철저한 믿음이 수반이 된다. 자존감은 선택에 있어서도 객관적이 되며, 확신을 가진다. 결과가 상당히 좋지 않음에도 불구하고 자신을 믿고 사랑하는 마음은 변치 않으면 결과에 대해서 수긍하고 배워나간다. 결과의 위험을 자신의 것으로 만들 수 있게 되는 것이다.

아주 가까운 사람은 자신의 모든 것을 집중하여 사업을 해서 자산을 이루고 행복을 이뤘다. 그 사업이 사양사업이 되어 정리를 하고 다른 사업을 찾을 때 그는 급한 것이 우선이었다. 생각을 거듭하고 거듭한다고 했지만 양파의 겉껍질만 깐 생각이었다. 하는 사업마다 뒤차를 타고 돈을 상당히 손해보고 하는 과정에서 그는 마음도 자신의 말도 다 나빠지기 시작했다. 그는 지금 조그만 구멍가게에 앉아 대낮부터 술을 마시며 가족을 잃은 한 사람이 되었다.

"좀 더 열심히 살걸. 내 자신이 미웠어. 정말 미웠어."

그는 가끔 연락을 하면 이런 말을 한다. 그의 말에서 느껴지는 어둠이 나를 너무 슬프게 한다. 자신이 자신을 미워하는데 그 누가 자신을 제대로 봐줄까? 자신의 눈이 미움으로 가득 찬 상황인데 누구를 좋은 감정으로 대할까? 자신에 대한 불신이 키운 그의 인생은 고단한 삶의 슬픔으로 남아 있다.

자존감의 크기를 키우자. 자존감은 자신에 대한 이해라고 했다. 자신에 대해 이해를 하기 위해선 자신에 대한 공부가 수반되어야 한다. 자신을 잘 알기 위해서 객관적인 분석이 필요하다. 객관적인 분석은

자신감이 자존감인줄 알았다

나 아닌 다른 이들에게 물어봐도 된다. 추천하고 싶은 것은 자신과의 대화이다.

'오늘 그를 만났어. 그는 자신의 실패를 생각하며 시간을 낭비하고 주저앉아 버렸어. 포기한 인생이 된 모습을 보면서 포기에 대한 생각을 해 봤어.'

나와의 대화는 말을 꾸밀 필요도 없고 솔직하게 하면 된다. 내가 무엇을 느끼는지 무슨 생각을 하는지를 대화를 통해서 하다 보면 정리되지 않은 부분도 정리가 되고 주관과 객관이 함께 공유하면서 선택에 있어서도 과감해지고 확신에 찬 행동을 할 수 있게 된다.

사업이 극도로 망했을 때 인생은 포기였다. 눈앞에 보이는 어린 아들과 든든한 버팀목인 남편과 가족들이 있었지만, 자존감은 절망감으로 변질되어 있었다. 선택을 할 수가 없었다. 선택을 하면 좋지 않은 결과가 나올 거라는 생각을 수시로 했다. 두려움에 선택은 내 것이 아니었다. 사람이 궁지에 몰리면 무엇을 생각하는지 잘 알고 있다. 자신만을 생각한다. 그때 나는 나와의 대화를 시작했다.

"정말 힘들지? 그래 나도 그래. 어떻게 살아야 할까?"

처음으로 나하고 하는 대화였지만 편안했다. 몇 시간을 그렇게 얘기를 하면서 정말 하고 싶은 일을 찾고 어떻게 살아야 하는지를 다시 확인했다. '후회하지 않는 삶'을 살기 위해 최선을 다하겠다는 말을 주고받았다. 고여 있던 물들이 조금씩 흘러가기 시작했다. 절망에 찌든 고약한 냄새가 옅어지기 시작했다. 마음이 조금씩 나를 향하면서 말을 선택하는 과정에서 신중해지고 중고등학생 수업 코칭을 하게 되었다. 수업 코칭은 절대 하지 않겠다고 막았던 나의 한계를 서서히 무너뜨렸다. 나에 대한 공부를 시작하면서 자신감도 생겨났다. 그렇게 나의 삶은 밝은 빛으로 나오기 시작했고 꿈꾸고 있는 것들을 향해 나아가고 있다.

자존감은 사업의 실패에 대한 나를 인정하면서 나를 보듬어주었다. 항상 나를 사랑하려고 노력하고 사랑했다. 자존감은 변질될 수 있기 때문에 항상 보듬어 주며 업데이트를 해야 했다. 업데이트를 하는 과정에서 '나'를 항상 중심에 두면서 대화했다.

'자존감은 삶을 온전히 껴안기 위해서 반드시 필요하다.'

자존감이 건네는 선택의 문제는 상당하다. 지금 하고 있는 일을 제대로 하게 했고, 하고자 하는 일을 선택하고 행동하는 것에 대한 두려움을 극복할 수 있게 해 주었다. 자존감이 작가로서의 길을 걷기 전의 두려움을 같이 해결하는 방법을 알려주었다. 내 선택이 옳고 옳지 않을지라도 나의 믿음으로 한 선택이기에 '작가'로서의 인생이 순탄하게 펼쳐지고 있다. 작가로서의 삶은 내 삶의 큰 부분이 되어 함께 하고 있으며 더욱 최종적으로 하고자 하는 메신저로서의 삶을 살게 해준다. 내 인생은 커지고 있다. 경험하지 못한 것들, 나아가지 못하고 망설였던 것을 선택하며 할 수 없다고 생각한 한계들을 하나씩 지워

가며 나아가고 있다. 한 걸음을 내딛는 걸음이 힘들지 않고 즐겁다. 그 끝을 알아서 가는 것이 아니라 가는 과정이 즐겁고 무엇을 배울 것인가에 대한 떨림으로 나아가고 있다.

포기하고 싶어도 즐기고 싶어도 내가 하는 모든 행동은 나의 선택의 결과다. 그 선택의 결과들을 인정하며 나는 내안의 나와 대화를 하며 나아간다. 자존감이 주는 당연한 결과다. 자존감이 행복을 주는 것이 아니라 자존감으로 인해 나의 선택과 나의 믿음을 신념으로 변하시키면서 행동하고 잘못되면 수정하고 다시 나아가는 선순환을 이루기 때문에 그 속에서 행복을 느끼는 것이다.

'자존감의 크기가 인생의 크기를 결정한다.'

내 마음의 주인이 될 때 인생의 주인이 된다

●

　화나는 일이 있었다. 화를 삭이고자 하는데 아들이 옆에서 게임을 하면서 고함을 질렀다. 참으려던 화는 아들을 위해서 큰 소리로 변했다. 아들은 놀란 눈으로 나를 쳐다봤다. 마음속에서 강한 폭풍이 이는 듯했다. 감정에 이끌려 내 자신을 바로 보지 못하고 있었다. 후회하지 말자는 나의 가치관을 다치면서 아들에게 감정 표현을 하고 있었다. 감정이 나를 지배하게 하는 순간 모든 것들이 화가 되어 버렸고 내 주위에 나를 자극하면 금방이라도 터질 것만 같은 긴장감을 지니게 했다.

　화는 내가 선택한 감정이다. 이 감정이 나의 마음에 꽉 차기까지는 선택의 결과였다.

　친구와 만나기로 한 약속시간을 훨씬 넘어서도 연락도 없었다. 기다리다 지쳐 전화를 하니 친구는 일이 너무 바쁘다면서 전화를 못한 것을 사과하며 약속을 못 지킨다고 했다. 친구의 이해 할 수 없는 행동에 화가 났다. 나의 소중한 시간을 약속이라는 큰 관계에 투자했지만 허투루 버린 것이다. 허투루 버린 시간은 다시는 돌아오지 않는다는 생각에 나는 친구를 이해하기 보다는 아까운 시간을 생각하며 계속 화를 내고 있는 것이었다.

'감정을 다스릴 줄 알아야 한다.'

시간이 날아가 버렸다. 다시는 오지 않는다. '후회 없이 살자' 는 나의 가치관에 치명타를 입힌 일이었기에 더욱 화라는 감정을 선택했는지 모른다. 감정에 휘둘리면 이성은 잠시 뒤로 밀릴 수 있다. 이때 주어진 감정에 충실하면 내 마음과 주변에 영향을 상당히 미칠 수 있다. 화 같은 경우는 마음에 생각할 여유를 주지 않고 주위를 불안하게 만든다. 아무 일도 아닌 것들이 별일이 되어 버리기 때문이다. 이러한 감정을 다스릴 줄 알아야 한다. 화를 냈던 나의 모습에 아들의 놀란 눈은 감정을 다스려야 하는 이유를 알려준다. 감정에 휘둘리는 행동은 나와 다른 이들에게 납득이 가지 않는 행동이 되기 때문이다. 다른 사람을 원망하지 말고 행복해 질 수 있는 방법을 찾으면 된다. 설거지나 청소, 명상과 같은 좋은 방법들을 알아서 직접 실행하며 체득하면 된다.

감정은 내 마음의 현 상태를 표현하는 본능적인 것이다. 이 본능을 다스릴 줄 안다면 마음도 다스리기 쉬워진다. 절망감을 느껴본 한 지인은 자신의 삶을 밝게 생각하지 않는다. 자신의 처지, 자신의 생각, 자신의 미래를 부정적으로 보게 되는 것이다. 현재 하는 일이 만족스럽지 않고 주위의 관계가 원만하지 않을 때 그는 삶에 대한 포기나 미루기가 쉽게 된다. 마음의 상태는 포기를 장점으로 알고 받아들인다. 무언가를 해야 할 때도 미루기만 하는 것이다. 그의 주위는 에너지의 고갈과 모든 나쁜 것들을 끌어당기게 된다. 그 끌어당김은 그의 인생을 환한 세상 속으로 밀어 넣지 못하게 하는 것이다. 삶의 중심에서 멀어진 위치에서 살게 되는 것이다.

'삶의 중심으로 들어서자.'

삶의 주인공은 나다. 주인공이 중심이 아닌 변두리에 있다면 그 드라마나 영화는 중심을 잃게 된다. 삶의 주인공으로 태어난 우리는 각자 중심에 들어가야만 한다. 일어나는 일들을 주체적으로 받아들이고 일어난 일들에 원인을 분석하고 옳지 못하거나 좋지 않은 것들은 말끔히 버리고 그 중에서도 배울 것이 없는지 철저히 조사를 해야 한다. 사람의 관점이 배움이나 긍정적인 코드에 집중이 되었다면 실패나 실수에서 충분히 배울 수 있는 점을 발견할 수 있기 때문이다. 배운 것들은 다시 실행하고 적용할 수 있도록 정리를 하고, 실패나 실수에 대한 마음을 정리하면 된다. 정리한 마음의 감정들은 가차 없이 쓰레기통으로 버리면 된다. 그러한 감정들을 마음속에 담아두면 부패가 일어나기 때문에 방치를 하는 것은 금물이다. 방치의 효과는 마음을 후회나 자기 무능과 같은 부정적인 감정에 의해 지배할 수 있기 때문이다

마음에 공간을 확보하자. 마음은 우리가 의식하든 의식하지 못하든 항상 일을 하고 있다. 심장의 끊임없는 활동이 아주 먼 손가락 발가락 끝까지 영향을 미치듯 마음의 활동은 끊임없이 나의 생각과 행동을 지배하고 있다. 마음에 의해서 지배당하면 살아가는 대로 삶을 보내게 된다. 생각하는 대로 삶을 보내기 위해 마음의 주인이 되어야 한다.

내 마음의 주인이 되기 위해선 마음에 대해 좀 더 알아야 한다.

마음은 변한다. 환경이나 자신의 생각에 의해서도 변한다. 변하는 정도의 크기도 다르다. 극단적인 마음의 변화는 삶을 망칠 수도 있다. 최상층과 최저층을 수십 번씩 오르내린다고 생각해보라. 에너지가 고갈 될 것이다. 지친 몸으로 마음을 다스린다면 마음에 지배당하기 쉬워진다. 지친 몸의 상태일 때 마음에 부정적인 감정이 자리 잡고 있다면 그 감정에 녹아들 것이다. 우울증이 있다면 자살을 시도해 볼 수도 있을 정도가 되는 것이다. 건강을 챙겨야 하는 이유도 여기서 나온다. 건강한 신체에서 건강한 정신이 나온다고 했다. 몸의 컨디션이 좋을

때 내 마음과의 얘기를 할 수 있으며 객관적이고 옳은 방향으로 나아
갈 수 있는 것이다.

옳은 방향으로 나간다는 건 내 마음을 믿고 인생을 충만하게 만드
는 것이다. 옳은 결정을 하기 위해 마음은 준비가 되어 있어야 한다.
결정을 하지 못하고 망설이는 동안 시간은 흘러가버린다. 시간은 돈
으로도 살 수 없을 만큼 아주 귀중한 것이다. 보내버린 시간에 대해
다시 고뇌하는 마음을 가질 수 있으며 결정을 해야 하는 순간이 자꾸
미뤄진다. 기차를 탈지 자동차를 탈지 정하지 못해 버려진 시간은 목
적지에 도착하는 시간을 뒤로 미루게 되고 목적지에서 할 수 있는 일
들을 다 못하게 될 수도 있다. 인생 또한 고3이 되었을 때 진학을 할
지 취업을 할 것인지 결정하지 못하고 방황하다 보면 진학을 위한 원
서 접수도 취업을 위한 원서 접수도 못한 채 한 해를 보내게 될 수도
있다. 마음을 항상 준비시켜 놓을 수 있는 관리가 필요하다.

'마음의 상태에 따라 인생은 달라진다.'

결정을 하지 못한 마음은 유지하지 않겠다고 생각하자. 결론을 내
기 위해 내 마음과의 토론은 치열해 질 것이고 최적의 결론을 내릴 수
있다. 결론이 났다면 과감히 선택하고 나아가면 된다. 마음이 낸 결론
을 믿으며 나아가면 심사숙고한 만큼 결과는 좋은 쪽으로 난다고 믿

는다. 설사 결과가 기대에 만족할 만큼은 아니더라도 내 마음의 주인이 되어 함께 한 결과이기에 수긍하고 나아갈 것이다. 결과가 나쁘게 나오더라도 자신에 대한 믿음을 중심으로 마음과 함께 한 일은 인생에 중요한 밑거름이 되어 다시 성장하고 나아갈 수 있는 경험이 될 것이다.

마음은 자존감이나 여러 감정들을 선택하고 생각들을 변화시킬 수 있는 아주 중요한 장소다. 식도나 위처럼 형태가 정해져 나타나지는 않는다. 마음은 나 자신에 대한 믿음이며 정신이다. 내 마음의 주인이 되어 선택하고 행동하는 삶은 내 인생의 주인이 되는 것이다. 인생은 선택하고 행동하고 결과가 나오고 다시 선택하는 과정에서 만들어지는 산물이기 때문이다. 마음의 선택으로부터 만들어지는 산물의 인생을 제대로 그리고 싶다면 삶의 중심에서 내 마음의 주인이 되어 적극적으로 살아가는 방법을 만들면 되는 것이다.

지금의 조건에서 나를 사랑하는 연습을 하라

행복을 찾아서 길을 떠나는 얘기 '파랑새를 찾아서' 라는 동화가 기억이 난다. 파랑새를 찾기 위해 틸틸과 미틸 두 아이는 아픈 소녀를 낫게 할 수 있는 파랑새를 찾아 길을 떠난다. 아이들이 요정에게 받은 마법 모자를 쓰자 새로운 세상을 만난다. 불과 물, 사탕, 우유, 고양이, 개의 영혼을 보게 된다. 사물의 참된 모습을 보게 되는 과정이다. 마틸과 틸틸은 여러 곳을 찾아가지만 파랑새를 찾을 수 없다. 포기하고 집으로 돌아왔을 때 파랑새가 가까이 있다는 것을 알게 되며 행복은 항상 우리와 함께 한다는 내용이었다. 파랑새가 찾고 싶었다. 가족들과 식사를 하면서 분위기는 좋았다. 약간 취기가 올라온 신랑은 아들에게 자전거를 다시 사주게 되어 행복하다고 했다.

"난 행복하냐고 물어. 처제 행복해?"

남편은 행복하지 않다고 했다. 자신은 평범한 삶을 살고 있지 못한다고 했다. 그의 목소리에 물기가 젖어 들었다. 나의 삶에 빠져서 혼자 허우적대고 마음의 주인이 되기 위해 내 안의 나와 적극적으로 대화를 나누면서 내 주위를 무심히 넘겼었나? 갑자기 남편의 말에 마음이 동요된다. 주5일의 근무를 하면서 평범한 삶을 살고 싶다는 그는 자신의 일을 즐기지도 않는 것 같고 삶의 낙이 없어 보였다. 그가 평범하지 않다고 생각하는 버스 기사의 일이 삶의 행복을 짓누르는 것 같아 미안한 맘이 들었다.

　"하고 싶다고 다 할 수 있는 게 아니고 먹고 싶다고 다 먹을 수 있는 게 아니야."

　그가 늘 아들이 뭔가를 갖고 싶다거나 볼멘소리를 할 때 하는 말이다. 유난히 그 말이 생각나는 밤이다. 제부가 주5일은 앞으로 이뤄질 것이라고 희망을 줬다. 그러나 지금도 5일 일하고 쉬는 시스템으로 교대하고 있다. 오전 근무 오후 근무가 있어서 시간의 사용이 남들과 다른 건 있다. 남편은 이 일을 계속 해 오면서 평범하지 않다는 생각을 계속 담고 있었나 보다. 그의 마음이 행복이라는 것을 생각할 만큼 힘들었다고 느껴진다. 같은 식탁에 앉아 같은 집안에 있으면서 서로 다른 꿈을 꾸고 있었나 보다.

　남들보다 일찍 하루를 시작하고, 남들보다 늦게 일을 하는 오전 오후반의 근무, 그 근무를 하면서 그는 얘기했었다. 60세까지는 꼼짝

없이 해야 한다고 학자금이나 돈을 계속 벌어야 아들이 편하다고 얘기를 했다. 가족을 위하는 마음만 커지고 자신의 행복을 잊어버린 걸까? 지금의 일을 바꿀 수 없다면 매일 같은 길을 반복해서 왕복하는 일을 어떻게 할 수 있을까? 지루함이 가득한 하루를 보내는 것에 감각이 무뎌진 건 아닐까? 꼭 해야 할 일이라고 생각한다면 마음가짐이 중요하다. 손님들을 목적지에 잘 안전하게 데려다 주겠다고 생각하고 운전을 하면서 밖의 풍경이 조금이라도 바뀐 것을 찾을 수 있는 호기심이 있다면 행복을 찾을 수 있지 않을까?

"어서 오세요. 조심히 올라오세요."

가끔식 버스를 탈 때 항상 인사를 하시는 기사분이 있다. 그분은 일일이 인사를 하면서 운행을 한다. 그분을 보면 대단하다는 생각이 들 정도로 웃음 띤 얼굴로 사람을 대한다. 버스를 탈 때 무표정한 기사들만 보다가 그런 분을 만나면 신기하면서도 기분은 좋다. 사랑하는 남편도 그 기사 분처럼 해 보라고 권하고 싶지는 않다. 인사를 건넬 수 있는 마음의 여유가 있길 바랄 뿐이다. 지금의 조건에서 자신을 사랑하는 연습을 도와줘야겠다. 하루의 작은 변화를 느낄 수 있도록 집안에서 먼저 하루의 작은 변화를 주는 일을 해야겠다. 남편이 스스로 그 작은 변화를 찾아서 자신을 사랑하고 행복을 찾을 수 있는 기회를 만들어 주는 것이 나의 역할인 것 같다. 집에 있을 때 남편이 쉬는 시간이면 나는 일을 시작한다. 중간 중간 쉬는 시간에 남편에게 소중한 존재임을 일깨워 주는 말을 하고 '변화' 에 민감해 질 수 있는 호기심을 던져 줘야겠다. 내가 나를 사랑하기 위해 노력하는 만큼 나의 노력의 에너지가 전달되기를 바란다.

"와우 제 시간에 왔네. 오늘 얼굴도 환하고."

약간씩 시간을 지나치는 녀석이 일분이라도 일찍 오는 것을 나는 느낄 수 있다. 그 작은 변화를 아이들에게 즉각적으로 피드백을 한다. 아이들은 그 세세한 칭찬에 더 열심히 수업에 임하는 것을 수도 없이 봐왔기 때문이다. 학생을 가르치는 일을 하는 동안 처음에는 열정에 의해 모든 것이 행복했다. 수업준비를 하는 것도 아이들을 만나는 그 시간들도 아깝고 소중했다. 사람은 적응의 동물이라고 했던가! 시간이 십년 이상이 되고 보니 익숙함이 열정을 이겨 버린다. 익숙함은 다시 지루함을 나에게 선물했다. 익숙함에 변화를 주고 싶다는 생각보다 약간의 지루함을 '실력에 의한 여유' 로 착각을 하면서 지냈다. 마음은 알고 있었다. '실력' 이 아니라 일에 대한 행복이 옅어지는 것을. 지금이 심각한 위기라며 변화해야 한다는 것을 알려주고 있었다.

'열정이 내가 가진 전부야!'

독서를 다시 시작하고 마음의 습관을 수정하고자 아침에 5분 저녁에 5분 출발과 끝맺음을 감사함으로 채우기 시작했다. 사업에 실패해

빚을 많이 진 상황에서 감사함이 생길 수 있을까 의심하며 무작정 시키는 대로 했다. 매일 하루도 거르지 않기 위해 글로 쓰다가 지쳤다. 글을 써야 한다는 압박감이 감사함을 느끼는 것을 가로 막는 경우가 많았기 때문이다. 대신 생생하게 상상하고 마음으로 열심히 글을 쓰고자 노력했다. 작은 일들이 눈에 들어오기 시작했고, 감사는 무심히 지나쳐 온 것들에 대해 생활의 발견을 하게 만들었다. 내 삶의 폭이 넓어지는 것을 느끼게 되었다. 감사를 하면서 빚에 짓눌린 삶이 가벼워지기 시작했으며 빚은 더 이상 나의 큰 초점이 되지 못했다.

'오늘 하루 남편이 안전하게 운행을 마치게 해 주셔서 감사합니다.'

'사랑스러운 학생이 자신의 길을 찾아 떠나는 것을 기뻐해 줄 수 있는 마음을 가지게 해 주셔서 감사합니다.'

감사를 한다는 것 자체도 놀라웠지만 매일매일 하고 있다는 것에 더 놀랐다. 그만큼 나에겐 하루를 건강하고 행복하게 살고 싶다는 강한 욕망이 늘 존재하고 있었다는 것을 알 수 있었기 때문이다. 게이 핸드릭스는《나를 사랑하는 법》에서 자신을 사랑하는 것은 삶을 포용하기 위한 것이라고 했다. 삶을 받아들인다는 것은 지금의 나를 인정하고 변화가 필요한 부분은 변화 시켜 보겠다는 것으로 받아들이면 된다.

줄어들지 않는 빚은 내가 가져가야 할 선택의 결과이다. 그것을 전전 긍긍하면서 하루를 힘들게 보내고 싶지는 않다. 정해진 시간을 지나간 일에 대한 책임으로 되돌아보며 후회하는 시간킬러가 되고 싶지 않기 때문이다. 앞으로 나아갈 길을 바라보며 내 마음이 가고자 하는 방향으로 나아가고 싶다. 지금의 조건에서 나를 사랑하는 연습을 계속 하면서 나아갈 것이다.

행복은 과거도 미래도 아닌 현실에 있다는 것을 파랑새 얘기를 통해서도 지금을 살고 있는 이 순간 느낄 수 있다. 남편의 행복에 대한 갈망만큼 우리 가족의 행복을 위한 조금의 변화를 즐기고 싶다. 하루 10분의 감사함으로 나를 사랑하며 나와의 믿음을 키우는 연습을 꾸준히 해 나갈 것이다. 나는 정말 괜찮은 사람으로 나아가고 있다!

내 마음의 주인으로 살기 위한
자존감 공부를 하라

●

"92점."

"100점."

20년 전인 것 같다. SKT대구지사에서는 대리점 직원들의 업무 시험이 있었다. 지금 기억으로는 2달에 한 번씩 시험을 쳤던 것 같다. 성적이 좋으면 시상도 있었고 같은 업종의 직원들끼리 우선 순위가 생겨서 자부심도 느낄 수 있었다. 시험에 대한 스트레스를 받는다고 하지만 '공부'를 잘 하자 보다는 즐기면서 하자는 생각이라 스트레스 보다는 성적이 잘 나오면 좋겠다고 생각할 뿐이었다. 가끔씩 공부를 안 해도 성적이 나쁘지 않아 안일한 생각이 자리 잡았을지도 모른다.

"언니, 속상해. 나 열심히 했는데 성적이 안 나왔어."

타 대리점에 근무하는 동생이 얘기를 한다. 웃으면서 하는 얘기지만 자신의 노력에 비해 성적이 나오지 않았다는 하소연이었다. 열정을 가진 그녀가 너무 사랑스러웠다. 당시 대구지사에서는 일 년의 성적을 합산하여 10위권까지 해외여행을 보내준다는 프로모션이 걸려 있었다. 당연히 나도 가고 싶었고, 갈 수 있다고 생각했다. 또 전국의 대리점 직원들이 장기 근속자이면서 숙련이 되면 한 곳에서 모여 'CS 매니저'라는 직급을 받기 위한 연수를 받는다. 같은 급수에 해당하는 직원들이 모여 조별 활동을 하고 SKT라는 회사를 좀 더 알아가는 기회가 주어짐에 따라 일에 대한 자부심을 가지게 하는 취지였던 것 같다.

어디든 시험은 있었다. 그것을 통과해야 다음으로 나아갈 수 있었다. 그만큼 자신의 일에 대한 지식이 있어야 고객들에게 설명도 잘하고 민원 발생이 줄어들게 되며 친절한 자세도 유지할 수 있다. 시험을 치르고 나면 두 부류의 사람들로 나뉜다. 사람이 좋아서 일을 하다 보니 자격이 주어졌고 사람들과 어울리면서 자신의 일도 해내는 직업을 즐기는 사람들이 있었고, 자신의 일이기에 하기 싫어도 해야 한다는 책임감과 다른 직업으로 변화를 줄 수 없으니 잘 해야지 하며 의식적으로 친절을 몸에 익히고 이런 기회를 놓치지 않는 사람들로 나뉘었다. 사람은 좋아하지만 나는 후자에 가까웠다.

"다시 일터로 가는 구나. 고객님 좋은 하루 되세요! 이 말 달고 살아야하는구나!"

돌아가는 발걸음은 다 달랐다. 자신이 즐기는 일터로 돌아가는 사람들은 목소리 톤이나 얼굴이 화사했다. 내 마음은 다시 몸에 억지로 배여놓은 친절한 행동을 가지고 일상생활을 해야 한다는 것에 부담을 느끼고 있었다. 해야 할 일이었다. '돈'이라는 것을 주지 않으면 하고 싶지 않는 일이라고 매일 말하면서 내 삶을 건조하게 만들었던 것을 당시는 알지 못했다.

대구지사의 1년 동안의 결과 발표 후 해외여행을 가게 되었다. 너무 짜릿했다. 1년 동안 해냈다는 것도 좋았지만 이 여행을 끝으로 일을 그만두고 결혼을 한다는 변화가 더 좋았다. 일을 그만둔다는 말을 하면서 표정에서 행동에서 더 이상 하고 싶지 않다는 것을 알 수 있을 정도로 나는 지쳐있었다.

"그래 그동안 수고했다."

사장님은 그렇게 나의 길을 인정해 주셨다. 결혼 후 일이 필요할 땐 다시 이 직업을 선택하고 여러 곳을 옮겨 다녔다. 할 수 있는 일이 이것뿐이었고 잘한다고 생각했다. 하지만 마음은 내게 맞지 않는 직업이라고 수차례 얘길 했고, 그때 마다 무시하듯 다른 곳으로 대리점을 바꿨다.

"안 한다고 나간 곳에 다시 돌아오는 건 무슨 심보냐."

스스로에게 물었다. 마음속에선 몸에 꼬깃꼬깃 '친절'을 배기게 해서 하는 행동이 마음에 들지 않는다고 거부를 하고 있음을 알고 있었다. 일을 해야 한다면 적어도 자신이 즐거운 부분이 존재해야 한다. 죽기보다 싫다고 하면서 억지로 하는 건 자신을 속이고 행복과 감정을 힘들게 하는 부분이었다.

어느 날 '정말 아니다'라는 생각과 함께 그 자리를 털고 나왔다. 그 날의 밤바람은 시원하다 못해 짜릿했다. 추워서 옷깃을 여미면서도 얼굴만은 환하게 웃음을 짓던 그 밤을 잊지 못한다. 처음으로 내 마음에 당당한 하루를 시작하는 날이었다.

학생을 가르치는 직업을 선택할 때는 내 마음의 소리를 따랐다. 정말로 내가 즐기면서 할 수 있는지 이 직업을 유지하기 위해서 내 안의 열정을 태울 수 있는지를 상당히 고민했었다. 고민의 시간은 나를 한층 더 마음과의 관계를 진중하게 하는 계기가 되었다. 마음이 흐르는 방향을 제대로 잡고자 노력하게 되었다. 빌 게이츠는 말했다.

"성공이란 부와 명예, 출세가 아닌 열정을 갖는 것이다"

나는 인생을 잘 살고 싶고 후회 없는 삶을 살고 싶다. 이번에 선택한 직업은 무엇보다 열정을 갖는 것을 최우선으로 정했다. 잘 한다 못한다의 기준이 학생들의 숫자에 달린 것이 아니고 스스로가 만족하는 것으로 정했기 때문이다. 학생들의 숫자에 내 자신의 평가를 두는 삶에서 학생 한 명이 줄어들면 인생의 모든 것이 끝나가는 것처럼 힘들어 했다. 한 명이 나감으로써 이별에 대한 감정에 서툰 나를 보는 것이 힘들었다. 이별을 했다는 것에 대한 강한 집착에 사로잡혀서

"내가 자질이 부족하구나."

스스로 자괴감을 느끼며 괴로워했었다.

"그럴 수도 있지. 나가야 하는 사람은 나가는 거야. 책을 볼 시간이 더 늘었네. 독서를 좀 더 할 수 있겠구나."

마음이 얘기하는 소리에 귀를 기울인다. 나와 대화하는 법을 알게 되면서 마음과의 믿음은 커져만 간다. 내가 생각하는 자존감은 내 마음과의 믿음이다. 이 믿음이 커져가는 삶은 자존감도 커져가는 것이다. 학생과의 이별이 혼자만의 시간이 생겨 하고 싶은 일을 할 수 있게 되었다는 생각으로 바뀌게 된 계기는 열심히 읽은 독서로 인해 일어난 변화다. 독서는 '나'를 이해하는 좋은 길잡이이라는 것을 다시 확인했다.

'내가 좋아하는 일을 하다니 나는 정말 행복한 사람이야.'

늘어난 시간으로 하고 싶은 일을 마무리 하며 느끼는 행복감. 나를 향한 무한한 칭찬과 신뢰를 주는 내 모습은 그동안 감정과 생각을 선택해서 연습한 덕분이었다. 부정적인 감정이 아닌 긍정적인 감정을 끌어들이기 위해 노력했고 잘 되지 않을 땐 그냥 좋았던 감정을 떠올리며 부정적인 감정을 흘려버리고자 노력했다. 솔직하게 마음을 표현하고자 했던 노력의 시간은 투자한 만큼의 변화를 일으키고 있었다. 오히려 시간이 지날수록 더 큰 기쁨으로 돌아왔다.

"오늘도 수고했어."

스스로에게 하루 마감 인사를 한다. 마감인사를 하면서 내 밝은 음성을 집 안에 가득 채우기 위해 크게 칭찬한다. 삶을 바라보는 자세와 실행력을 키우기 위한 노력은 내 마음의 주인공으로 살기 위한 자존감 공부로 인한 것임을 절실히 깨닫는다. 선택할 수 있는 힘을 기르기 위해 독서와 감사로 꾸준히 실행해 보기를 바란다. 삶에 행복감을 더하는 기쁨을 맛보기를.

흔들리지 않는 단단한 마음을 가져라

●

    오랜 시간을 한자리에서 일을 한 만큼 새하얀 아기였던 아들도 초등학교 5학년이다.

    "엄마 이번에 공부하면 백점 맞을 수 있을까?"

    "얼마나 노력하느냐에 달렸지."

    기말고사가 다가오니 공부에 관심이 없던 아들도 압박감을 느끼게 있었다. 다른 친구들은 영어 사설학원을 다니고 수학학원 전과목 학원을 다닌다. 엄마가 영어 수학 과외를 하지만 초등학생을 안 한다고 선을 그어 아들은 배울 생각을 하지 않는다. 다른 학원도 보내지 않는다.

    "이번에 자신이 있는데 사회만 좀 도와줘."

    나름 생각을 했는지 아들이 부탁을 한다. 그 부탁에 같이 앉아서 해

자신감이 자존감인줄 알았다

보지만 역시 공부 습관을 잡지 않았더니 엉망이다. 머리를 한 대 쥐어박고 싶지만 속으로 참고 있다. 공부는 습관이 중요하다. 습관이란 책상에 앉아 있는 엉덩이 무게를 뜻하는 것이고 집중도를 뜻한다. 아들은 중학교 올라가기 전 6학년 겨울부터 습관을 들이겠다고 결심을 하고 있다. 초등학교 6학년 까지는 아들이 하고 싶은 대로 하도록 두고 보기로 했다.

"중학교는 고등학교를 가서 속도전을 내기 위한 준비운동이야."

우스갯소리로 하지만 현 입시에서 느낀 나의 올바른 생각이다. 아들은 이주일 정도를 계획하고 문제집 한권을 풀겠다며 꾸준히 했다. 혼자서 뭔가를 하는 아들이 대견했다. 당연히 성적은 나오지 않았다. 사회를 했을 때 문제 푸는 과정이나 답을 찾아내는 과정이 많이 부족했기 때문이다. 역시 공부는 시간에 대한 투자가 필요함을 다시 확인했다.

"성적이 이게 뭐니? 평상시에 복습을 좀 하지."

학생의 본분은 공부라고 귀에 딱지가 않도록 얘기를 했다. 학생이라는 말만 하면 공부라는 말이 반사적으로 나온다. 공부의 중요성을 잊지 말라고 전하는 마음에서 반복을 한 결과이다. 친구들과의 모임에서 이런 얘기를 했더니 걱정스런 눈빛들이 많아진다.

"학원 선생님 아들이 공부를 제대로 안 하면 애들이 늘어나니?"

"지금부터 공부를 하도록 잡아야지."

친구들이 하나 둘 씩 하는 말에 괜히 얘기한 것 같다는 생각이 들면서 걱정이 쌓이기 시작한다. 중학교 선행을 하고 시험을 치르니 전체 성적에서 2-3개 틀려 속상하다는 친구들을 보니 애들 공부 열심히 시켰구나 하는 생각이 들었다. 아들의 성적을 보고 내가 한 말과 풀죽은 아들의 모습이 겹쳐져 마음이 어지럽기 시작했다. 친구들은 공부를 적게 시키는 거라며 더 많이 시키는 아이들 얘기를 했다. 자신들은 공부를 조금 더 시킬 거라고 얘기를 했다.

"나도 시켜야 하나?"

혼자 중얼 거리는 소리에 옆에 있는 친구는 당연하지로 답을 한다. 초등학생일 때는 그냥 뛰어 놀면서 건강을 챙기길 바라는 나의 신념에 큰 흔들림이 들었다. 친구들과의 모임을 마치면서 조급함과 아쉬움이 일어 걷는 걸음이 땅으로 꺼지는 것 같았다. 아들의 공부에 대해서 관심이 없는 게 아니라 나만의 신조로 끌고 나가고 있다. 이번에 아들이 스스로 공부를 하겠다고 계획하고 혼자 문제집을 풀면서 도움도 요청했다. '답답함'과 '자신이 해야 할 일'이라 생각하는 모습을 보이며 스스로 일어선 것이다.

'그래 아들이 선택해야지. 기본을 잡아준다고 하지만 건강과 마음이 우선이야.'

조금씩 자신이 공부를 해야 한다고 생각하며 책상의 필요성을 얘기하는 준비를 하고 있는 아들의 모습에 집중하며 마음을 다 잡았다. 내가 원하는 건 스스로 필요에 의해 시작하길 바라는 마음이 생기는 것. 그 시간이 다가오고 있다는 것을 알고 있으니 흔들리지 않고 기다릴 것이다. 가끔은 잊어버린 척 공부 잔소리도 해 가면서 말이다.

'절에까지는 갈 거야.'

대구의 갓바위는 유명한 곳이다. 갓바위 중턱엔 절이 있다. 그 절을 지나 조금 더 올라가야 갓바위가 웅장하게 서 있다. 평소에 운동을 하지 않는 자신을 알기에 무리하지 않겠다고 미리 중간에 절까지라고 생각하고 올라간다. 계단을 밟고 한 걸음 한 걸음 올라가다 쉬고 있으면

"조금만 더 가면 되요."

한 마디 던져주고 간다. 몇 발자국 올라가다 헉헉 거리고 있으면

"젊은 사람이. 아직 반도 안 왔네."

지나가는 아저씨가 툭 던진 말에 마음은 와장창 내려앉는다. 같은 거리를 올라가고 있는데 좀 전보다 몇 걸음을 더 왔지만 지나가는 사람들의 말에 따라 내 마음은 이리도 흔들리고 있었다. 내 마음은 이곳을 찾기 전에 목표를 정했다. 신체의 한계를 느끼고 운동의 필요성을 느끼며 한 발작씩 앞으로 내딛고 있었다. 가다가 쉬더라도 하나만 생각하면서 중턱의 절까지는 간다고. 지나가는 사람들은 나의 모습을 보며 자신들의 생각을 표현한 것인데 저들의 말에 이리도 흔들리고

있다는 것이 놀라웠다. 두 사람의 말이 어떤 점에서 나에게 진동 폭을 달리하면서 전해졌는지 생각을 해 봤다. 마음이 단단하지 못해서였다.

아들이 걸음마를 배우기 시작했을 때 뒷공원에 나갔었다. 벤치에 손을 잡고 서게 하고 잡기 놀이처럼 놀기 시작하니 아들은 벤치를 잡고 돌다가도 급할 땐 두 손을 놓고 빠르게 움직이고자 했다. 넘어져도 다시 일어서서 웃는 모습을 보이며 또 걷기 시작했었다. 재미를 느껴서 놀이에만 치중했기에 가능했다. 벤치에 가만히 앉아서 걸어봐 라고 얘기만 할 땐 몇 걸음 걷고 다시 안아달라고 하는 행동을 반복해서 보였다. 아이에게 걸음마를 배우게 하는 좋은 방법은 같이 즐기면서 놀이로 만들어 배우게 하겠다는 엄마의 마음이 필요하다. 쉬고 있자는 마음보다 아이의 성장에 도움이 되는 놀이를 하겠다는 단단한 마음을 가져야한다.

목표를 정했다면 앞으로 나아가야 한다. 전진하기 위해서는 힘이 필요하다. 그 힘은 내 마음을 믿는 것으로부터 시작한다. 믿음에 따라 한 걸음 내딛기 시작하면 목표에 더 가까이 가는 것이다. 표현도 긍정적으로 해야 한다. 마음에서 격려를 하는 말들을 전한다면 확신에 찬 기운이 날 것이다. 산 중턱을 향해 나아가는 나에게 던진 두 사람의 말에 흔들림이 생긴다면 마음이 흔들리는 것이다. 중턱으로 올라가면 갈수록 체력이나 마음은 더 나를 힘들게 할 것이다. 내 마음이 다른 이들의 말에 흔들리도록 두고 싶지 않다. 목표를 향한 단단한 마음을 위해 나가야 한다. 한걸음 한걸음을 내딛는 만큼 마음도 따라오는 것을 느끼면서.

'나는 책을 쓰고 싶다.'

'아들이 스스로 공부의 절실함을 깨달을 수 있게 옆에서 지켜보고 준비하겠다.'

'학생들과 함께 주어진 학업의 성적을 올리면서 변화하는 사회에 적응하며 적극적으로 대응하는 삶의 근력을 키우는 귀족 아카데미가 되겠다.'

간절함을 담아 나는 확언한다. 내가 가야 하는 길 되고자 하는 모습으로 살아가고 있다고.

흔들리더라도 앞으로 나아갈 수 있는 수련의 시간을 거쳐 마음을 단단히 담금질하리라. 대장장이의 담금질이 단단하고 예리한 칼을 만들 듯 마음에 대한 혼란으로 나아가지 않는 모습을 녹여버리리라. 마음의 흔들림으로 단단함에 견인을 할 수 있는 힘을 이끌어 내리라. 목표를 향한 흔들리지 않는 단단한 마음을 가지도록 오늘도 나는 글을 쓴다.

자존감이 높은 사람이 진정한 승자다

●

최선을 다하는 삶을 살기 위해 무엇을 해야 할까?

인생에 대해서 나에 대해서 생각을 하게 되면 제일 먼저 던지는 질문이다. 살아온 날들과 살아갈 날들의 중간쯤에서 이 질문은 나를 숙연하게 만든다.

'완벽한 날들의 돈 걱정 없는 삶'을 직장생활을 하면서 꿈을 꿨었다. 그 꿈을 이루기 위해 여윳돈으로 주식을 하여 한달 용돈 정도의 적금도 꾸준히 했다. 일정치 않은 퇴근시간으로 인해 피폐해져 가는 삶 속에서 사람을 만나고 사람과의 술자리에서 위로를 받았다. 긴 직장에서의 생활은 사람을 대하는 업무라 사람에 치여 사람 냄새가 더이상 즐겁지 않았다. '완벽함'을 추구하고자 업무의 지식에 대한 철저한 습득과 활용을 하면서 내 삶은 기계처럼 움직였다. 하루를 일어

자신감이 자존감인줄 알았다

나자마자 출근하고 사무실에서는 나의 지식과 업무 처리량이 가장 큰 위안이 되었다. 나를 부르는 소리, 나 없으면 안 되는 업무처리가 있다는 것이 나를 유일하게 만족시켜 주는 것이었다.

'결혼' 이라는 돌파구를 찾고 사랑하는 남편을 만나 모든 것이 잘 마무리 되는 듯 했다. 생활에 대한 만족감은 나 자신에 대한 갈망과 경제적인 문제들을 해결해 주지 않았다. 없는 돈에 시작한 결혼 생활을 경제적인 궁핍으로 망치고 싶지 않은 마음에 급하게 사업을 했다. 사업을 하는 과정에서도 허영이 가득 찬 마음이 결과를 빛바래게 하고 치명타를 주었다. 인생이라는 굴곡은 내 자신이 선택하고 만든 과정이라는 것을 지금은 알 수 있다.

'완벽함과 자신감' 은 내가 없는 껍데기에 불과했다. 일의 완벽함으로 인해 나의 존재를 알리고자 했고, 자신감은 나를 이해하지 못한 보여주기씩 자신감이었다. 왜 필요한지 왜 일을 더 크게 벌여야 하는지를 생각하지 않고 오로지 밀고 나갔다. 커다랗고 질퍽한 실패의 맛을 느끼면서 인생의 실패를 맛보았고, 나에 대한 존재를 부정했다.

'내가 알던 나는 이렇게 될 리가 없어.'

실패에 나란 존재가 없어지고 있다고 생각했다. 실패에 모든 것을 담아 섞어서 메고 있었다. 그 무게는 놀라울 정도로 강했고, 온 몸과 마음이 짓눌려 눈뜬 인형처럼 지냈다. 순간순간의 웃는 모습이 어색해 빨리 슬픔에 빠지도록 했고 세상이 나라는 존재에 의해 울컥하는 듯 했다.

이런 삶의 굴곡에서 나는 극에 치닫는 경험과 함께 내 마음의 소리를 듣게 되었다. 얼마나 아파하고 힘들어 하는지 제대로 쳐다보게 되었다. 실패에 모든 인생이 끝나버렸다는 생각에 마음은 늘 어둡고 차가웠다. 내 마음의 나는 이건 아니라며 얘기를 하고 있었다. 마음의 소리를 부정하며 지냈다는 것을 느끼기 시작했다. 내 마음을 느끼면서 나는 또 다른 나와 얘기를 나누고 또 나누었다. 하나의 결론을 내기까지 끊임없는 대화와 토론 속에서 '자존감'을 느꼈다.

'자존감은 나에 대한 이해다.'

내가 정말 원하는 것이 무엇인지를 파악하고 상황이나 결론을 도출할 때 '긍정'과 '배움'을 바라보기 시작했다. 새로운 직업을 가지게 되면서 청소년 아이들의 행동과 태도를 배우기 시작했다. 가시 돋친 말들을 대하면서 '화'라는 감정보다는 '왜' 그런 말이 나왔을까를 생각하게 되었다. 나와의 토론은 자존감을 객관적이게 만들었다. 현재의 나를 인정하게 했고, 심사숙고한 선택이 나쁜 결론이 나와도 두렵지 않았다. 최선을 다한 결과였고, 이 나쁜 결론에서 또 하나의 경험을 얻을 수 있다는 '긍정의 경험담기'를 믿기 때문이었다.

2017년부터 작가로서의 삶을 시작하게 되면서 나는 나를 사랑하게 되었다. 글을 쓴다는 꿈 실현의 과정이기도 하지만 글을 쓰면서 흩어진 조각들을 맞추고 연결하면서 '나' 라는 존재를 더욱 이해하게 되었다. 나는 작가이고 자존감 코치이며 교육학습법 전문가이다. 이런 삶들을 살기 시작하면서 '자존감'이 주는 당당함, 긍정적 사고의 변화, 감정을 조절하는 법을 습관으로 만들기 위해 열심히 배우고 노력했다. 삶은 더 이상 내 주변에 있는 것이 아닌 나의 중심에 서 있었다. 중심에서 바라보는 삶은 드림리스트로 향하는 지름길을 알게 해주었다.

광주로 시집간 동생이 2018년 같은 대구, 같은 아파트에 살게 해 달라고 간절히 바랬다. 간절한 바람은 2017년에 동생이 대구로 오게 했다. 전혀 올 일이 없던 일이 일어났다. 나의 자존감이 긍정의 의식을 변화시켜 일으킨 일이라고 생각했다. 모든 일들이 나를 중심으로 이뤄지고 있다고 해석을 하며 나를 칭찬하고 앞으로 향했다. 전혀 상관없는 일이라도 말이다. 나를 중심으로 한 생각이 이기주의나 잘난 체가 아니라 주위의 환경을 객관적으로 보면서 '나'를 대입하고 있기에 조금은 과장이 보여도 믿고 나아가며 '자존감'을 높이고 있다. 내 마음의 나와 끊임없는 대화와 토론을 하면서.

'내가 원하는 삶을 살래!'

'나'를 우선순위에 두는 선택적인 삶을 살고 있다. '자존감'은 나 자신에 대한 믿음이 커져 나가게 한다. 비행기가 이륙하거나 착륙하면 떨어질까 두려워하며 눈을 감아버렸다. '자존감'이 생기면서 세상을 제대로 보리라는 믿음이 생겼다. 강한 자신감으로 두 눈을 뜨면서 정면으로 보이는 창밖의 세상을 눈에 담았다. 세상은 자기의 길을 가고 있었고, 나는 내 길을 가고 있었다. 이전에는 눈을 감아서 볼 수 없었던 것들을 지금은 제대로 바라보며 느끼고 있다.

가보지 못한 길에 대한 두려움도 잘 될 수 있다는 긍정의 신념으로 모두 바꿀 수 있었다. 나로 인한 변화를 믿기 때문이다. 레오 톨스토이는 모든 사람들이 세상을 바꾸겠다고 생각하지만 어느 누구도 자기 자신을 바꿀 생각을 하지 않는다고 했다. 그러나 나는 나로 인한 변화를 믿는다. 자신을 사랑하며 행동하고 생각하는 습관은 나를 성장시키고, 사랑하는 가족과 친구들을 좀 더 나은 생각과 행동을 바라보게 할 수 있다고 믿기 때문이다.

'자존감'은 자신을 사랑하고, 있는 그대로를 이해하는 것이다. 자신을 바로 바라보는 습관은 지금 하고 있는 행동이나 생각을 객관적이게 유지하면서 자신의 간절한 목표를 이루고자 노력하는 힘을 길러준다. '완벽함'을 추구하는 자신의 모습에서 실수가 보여도 그럴 수 있다고 인정을 하고, '불안'한 자신을 바라보며 무엇에서 비롯된 것인지를 파악하고자 노력을 할 것이기 때문이다.

자신이 원하는 삶을 살기 위해 이정표가 필요하다면 혼자만의 시간으로 자존감을 찾아야 한다. '자존감'이 낮은 사람은 자신이 하는 실수를 인정하지 못할 수도 있고, 실패에서 모든 원인을 갖다 붙이고자 하며, 자신의 장점보다는 단점에 초점을 둔다. 앞으로 나아가지 못하는 이유가 여기에 있다. 자존감이 높은 사람은 항상 배울 수 있는 여유를 가지고 자신을 믿고 긍정의 사고를 유지할 수 있다. 인생은 예측하지 못한 일들이 한꺼번에 몰려오기도 하며 강한 태풍처럼 밀고 들어오기도 한다. 그럴 때 일어날 수 있는 힘은 자존감이다. 인생의 풍파에 대한 대비책이자 성공으로 가는 힘을 자존감으로 이뤄 낼 수 있다. 앞으로 나아갈 수 있다. 자존감이 높은 사람이 인생의 진정한 승자다.